TAKE
SHOBO

騎士団長とえっちしたら、甘い新婚生活が始まりました!

蜜猫
MitsuNeko

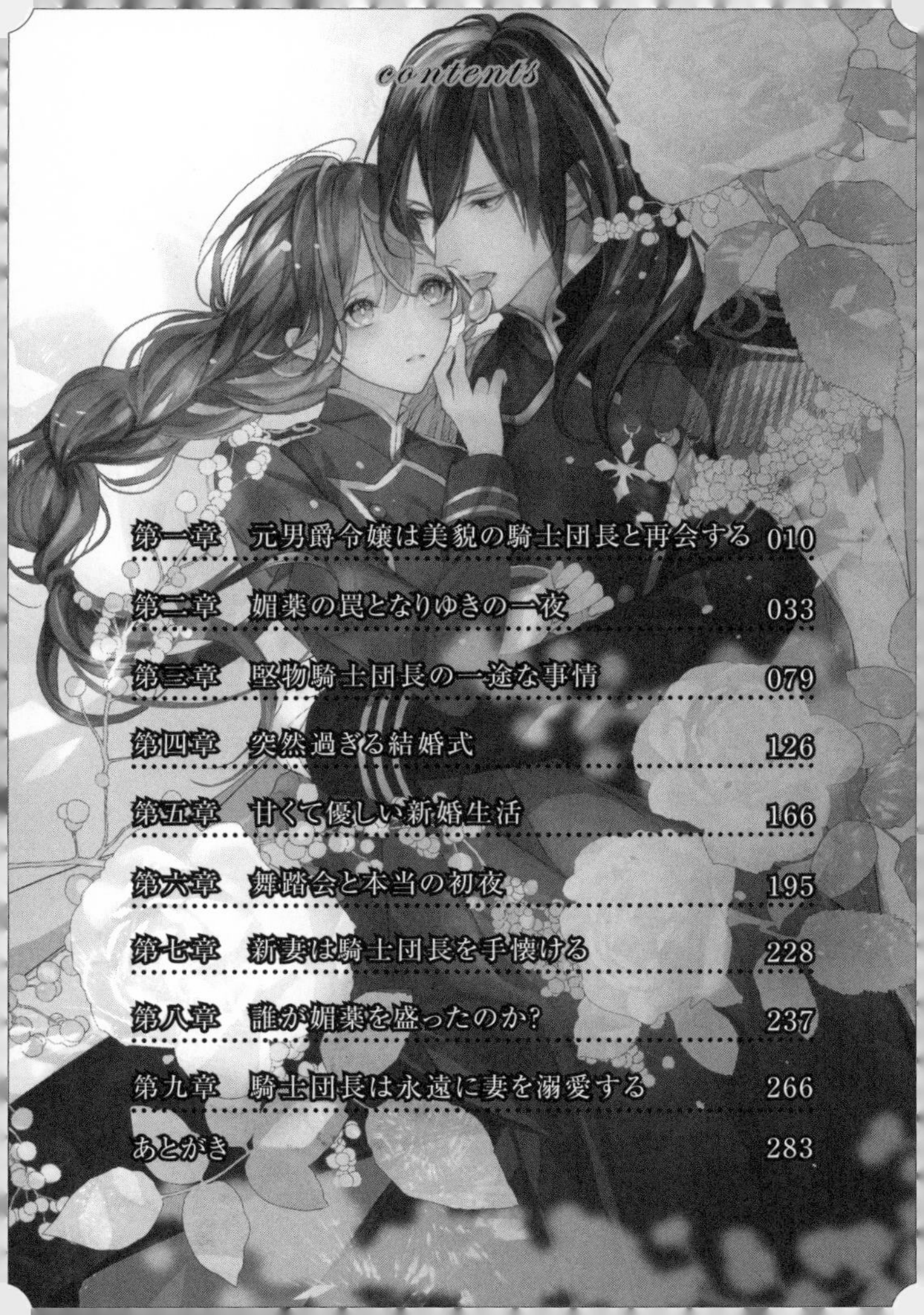

contents

イラスト／サマミヤアカザ

騎士団長とえっちしたら、甘い新婚生活が始まりました！

なにがなんだかわからない。

サラ・フォーブス・元ブローク男爵令嬢は、目を白黒させていた。

胸から腰まで、コルセットは紙一枚だって挟めないほどぴったりなのに、仲よくしている酒場の娘は、足裏でサラの背骨を蹴り押しながら紐《ひも》を締めてくる。

「ちょっ……、もう無理！　無理だから！」

「なにをこのくらいっ！　あと指一本分ぐらいは……！」

そんなことを言いながら、一層、力を込められてしまう。

息絶え絶えのサラが天蓋付きベッドの柱に捕まっていると、派手な音がして扉が開かれた。

「おまちどおさま！　できたてホヤホヤのドレスだよ！」

「今、お針子が糸を抜いたばかりでピチピチだ！」

威勢のいい掛け声で入って来たのは、市場で焼きじゃがいもを売る女性と魚屋の女将《おかみ》。

二人の後ろから、白薔薇と銀盃花でいっぱいのバケツを提げて顔を出すのも、やはり市場で花屋をいとなむ老婦人。

突然始まった白の奔流に、サラはくらくらしてしまう。

なのに女将たちはサラの金髪まじりな赤毛に、白薔薇や銀盃花をかざしては、花冠だ、いや片方にまとめて飾るほうが愛らしいと、勝手に意見を戦わせだす。

「くるくる縦巻きにしたらどうだい？」

「それじゃ娼婦《しょうふ》だよ。サラの髪は品よく豊かに波打ってる。それを活《い》かすほうがいい！」

「サラの赤毛は、熟し始めの苺《いちご》みたいな色だからねぇ」

あげく、もう少し艶出しをと、三人がかりでブラシをかけ始め、もうなにがなんだかである。

(なんでこうなっちゃったの)

今朝、サラはある事情から逃げ帰り、下宿している家でこれからどうしようかと悩んでいた。

なのに、朝八時の鐘が鳴るか鳴らないかの時間から、女友達や下宿先のおかみさんが部屋に押しかけ、やれ風呂だ、洗髪だコルセットだと騒ぎ立てた。

寝ぼけ眼のまま、訳もわからず追い立てられ、気がつけばこの状況。

(一体、どういうことなの)

女たちの香水と花の香りでむせかえる部屋の中、必死で考えを巡らせる。

コルセットが締まる苦しさや、人いきれのむっとする熱は生々しく、夢とは思えない。

(それに、これは)

目を部屋中にやり、たらっと変な汗をこめかみと背中に伝わせる。

部屋中に置かれたバケツにはオレンジの白い花やみずみずしい白薔薇に、マートルと呼ばれる銀盃花が沢山あり、古い鏡台にダイヤモンドの頭を持つヘアピンがずらりと並ぶ。

若い娘が、赤いクッションに乗った絹靴を捧《ささ》げ持《も》ち、隣で老婆が青いストッキング留めにほころびがないか改めている。

とどめが、ベッドに広げられている純白のドレス。

床にこぼれ落ちんばかりの長い裳裾《もすそ》に、透けるようなヴェール。

加えて、生地を飾る真珠やレースが新品とくれば、馬鹿でもわかる。

婚礼衣装だ。それも、サラの身分では望むべくもない極上の。

（一体なに？　これじゃまるで婚礼の朝じゃない！）

叫ぼうとしたその時、左右を別の女達に固められ命令を下される。

「両手を上げて、水平にこう！」

「はっ、はいっ」

あまりの勢いに推され手を突き出すと、待ってましたとばかりに蜂蜜とハーブを練った軟膏《なんこう》を塗られ、固まると同時にベリッと剥《は》がされる。

「いっ、痛い！　痛いって‼」

産毛を無理に抜かれる痛みで目に涙を浮かべるが、女らは無視して次の工程を進める。

「我慢しな！　初めての夜なんだ、顔だけじゃなく全身で、とびっきり美人にならなきゃ」

そう言われても、十人前。

淡く緋《ひ》を帯びた、珍しい色合いの金髪と、そばかす一つない肌は美点と言えるが、目はやや垂れ気味だし、頬《ほお》はふっくらしすぎている。

熟しすぎた桃みたいな顔だ。

ついでに、二十一歳という年齢の割に地味で色気がない。

そんな顔でとびっきりなどないのだが、女たちはかまわず、薔薇の香りがする化粧水をサラの腕にはたき、仕上げにたっぷりとクリームを塗りつける。

「なん、なん、な……な」

節のおかしな鼻歌みたいに声をどもらせると、今度は背中に軟膏の攻撃が来た。

つるつるのぴかぴかに肌を仕上げられる中、本日の仕切り役である下宿のおかみが、ベッドに置かれていた婚礼衣装を掲げて寄ってくる。

「ねえみんな！　どういうことなの⁉　これじゃまるで結婚式の準備よ！」

実は仮装大会でしたとか、壮大な悪戯《いたずら》でしたと言われることを期待し、声を張り上げる。

しかし周りの女達は一斉に声を上げ、恐ろしいことを口にした。

「なに言ってるの！　当たり前じゃない。貴女《あなた》は今日、国の英雄であるリュカス・ケイラー騎士団長と結婚するんだから！」

第一章　元男爵令嬢は美貌の騎士団長と再会する

王宮の右翼棟にある古びた部屋で、サラは計算式を書き込んでいた。

（天幕用の防水麻布が二巻、シャツの替えが四十枚、ロープは……この業者じゃない）

手元の業者台帳と突き合わせて値段を確かめ、一つ、一つ、帳簿へ書き足していく。

そんなことを、もう三時間ばかりしている。

目が疲れたサラが顔を上げると、同じように書類と顔をつきあわせる同僚が五人。

いずれも男性で、全員が同じ服に身を包んでいた。

黒の立襟に縦二列十個の金ボタン。同色のズボン。

肩を飾るモール紐の長さや立襟《たてえり》の飾りはまちまちだが、他はみな同じ格好をしている。

サラも男性と色違いの服で、濃灰の上着とくるぶし丈のスカート、――つまり女性事務官用の軍服姿だ。

ここはブリトン王国軍務省にある王立騎士団本部。

サラは主計官補佐――軍の騎士たちへ備品を手配する仕事を担っている。

男爵の娘に生まれたサラは、令嬢として、屋敷の奥で刺繍《ししゅう》や音楽などの教養を身に付け、親の決めた相手に嫁ぐ。そんな生き方をするはずだった。

だが、今、男たちに混じって働いているのには事情がある。

軍人だった父が、戦地で亡くなったのだ。

父が持っていたブローク男爵の地位は、軍人としての手柄に対する報酬で、父一代限りの貴族位。本人が死亡すれば取り上げられる。

だからサラは、社交界にお披露目《ひろめ》される直前で、貴族令嬢から平民へと没落した。

平民に生まれ、剣と戦術の腕のみで騎士団長まで昇り詰めた父とは、逆というわけだ。

自分が先に死ぬとは思っていなかったのだろう。

一人娘と妻を溺愛した父は、サラが貴族令嬢として相応しい教養を身に付ける金は惜しまなかったが、貯金や資産運用といったものはからっきし。

人のいい未亡人と年端のいかぬ娘が、亡くなった父を思い涙するうちに、怪しい金貸しやら、相続手続き人やらが出てきて、遺産も手持ちの宝石もあっというまに剥《は》ぎ取られた。

結果、病がちな母とサラは、地位なし、金なし、身よりなしで世間に放り出された。

そういう心労が祟《たた》ってか、母も程なくして亡くなった。

一人残され、あわや身売りかといった状況にもなったが、偶然、サラの窮状を聞きつけた父の知り合いが、主計官補佐の仕事を紹介してくれた。

男爵令嬢として育てられたサラだ。当然ながら、市井で稼ぐ手業などない。

しかし計算だけは得意だった。

早世した母が病がちだったため、館の運営管理や家計が、物心ついた時からサラの担当となっていたからだ。

家政に偏ってはいたが経理はできる。なんとかなると覚悟を決めて引き受けた。

上流階級で若い娘が働けば、とんでもないと非難されるが、平民の間では、ずいぶん女性の社会進出が進んでいる。

お針子や花売りといった商売人は言うに及ばず、軍でも、戦場に出ず、王都や辺境要塞で、経理などに携わる女性技官は沢山いるし、王女や王妃を護衛する女性騎士団だってある。

騎士団の軍属である事務補佐ともなれば、女一人が食う程度の給料は充分に出るだろう。

父と母が亡くなったのは悲しいが、食べなければ生きていけない。

だから父の知り合い――騎士団経理部で主計長を務めるマーキスの元で、働いている。

(つらいことはあるけど、この仕事は嫌いじゃないもの)

職場の雰囲気はいいし、男爵令嬢時代にはいなかった同年代の友達も増えた。

贅沢《ぜいたく》は無理だが、働いて得たお金で暮らすのは楽しいし、貯金も少しずつ増えている。

今の処《ところ》、人生に不満はない。ただ一つを除いては。

(……あの人が、もうすぐ、帰って来る)

今日、この事務室に出勤する途中で聞いた、騎士達の立ち話を思い出す。

第一騎士団が、近々任地から王都へ戻って来ると言うのだ。

任務の海賊討伐は大成功。王はことのほかお喜びで、騎士団長の貴族叙任も近いらしい。

若い騎士らが集まり、興奮に赤らんだ顔でそう語っていた。

――リュカス・ケイラー王国第一騎士団長。

サラはペンを握る手を止め、こめかみを押さえる。どうも今日は集中力がない。

理由はわかっていた。リュカスが戻ってくるからだ。

(ずいぶん、立派になられた。……父の部下だった頃は、見習い騎士でしかなかったのに)

着慣れず窮屈そうな軍服を纏《まと》い、雑用係として父の側に控えていた少年を思う。

黒髪に藍色の眼差《まなざ》しが特徴的な容貌は、目を閉じればすぐ頭に浮かぶ。

人慣れない猫のように周囲と距離を置いていたが、幼いサラにだけは親しく接してくれた。

思春期の娘にありがちなことだったかもしれないが、サラにとって、年上で、綺麗《きれい》な少年だったリュカスは、まるで童話の王子様のように映っていた。

暇を見つけては側に寄り、一緒に遊んでもらったり、勉強を見てもらったり。

大好きで大好きで、ずっと側にいたい人だった。

サラの幼い思いは、父にも伝わっていたのだろう。

サラにせがまれ、仕方なしに従うリュカスを見ては、『将来はサラの婿』とからかっていた。

そんな時リュカスは恐縮し、サラは赤い顔をして、父様の馬鹿と叫ぶのが恒例で――。

(でも、お互い、随分変わってしまったわ)

幸せな少女時代を思い出し、切なさと懐かしさの間でふと笑う。

十八歳となり、見習い騎士の期間を終えたリュカスが騎士士官学校への入学を決めた頃、サラは、持病が悪化した母の転地療養に従い王都を離れ、数年会わないうちに距離が遠くなった。

手紙を出したくはあったが、十も年下の子どもが恋人気取りなど困るだけだろうと、箱入り娘は箱入り娘なりに年を取り、分別を学んでいた。

故あって、去年から同じ軍部に勤めているが、相手は今をときめく騎士団の長。

末端の事務補佐官では、彼の噂《うわさ》を聞いたり、遠目に見たりするのがせいぜいだ。

勤務から三日ほどは、どこでリュカスと会えるかと、サラはずっとドキドキしていた。

そのうち、相手は忙しく、遠征に出ることも多いと知って、残念な気持ちになった。

たとえ一度だけでもいい。

彼を遠くから見るだけでなく、一言でいいから言葉を交わしたいと思う。

(あの花が、リュカス様からのものだったら、お礼を言いたいし)

父が亡くなってから、折にふれて墓参りへ行くのだが、常に新しい花が添えてあるのだ。

思い当たる人――父の部下でもあったマーキスなどに尋ねるも、誰も知らないと言う。

そのうちサラは気がついた。

花は、リュカスたち第一騎士団の休暇や、遠征の帰還後に新しく変わっていると。

ただの偶然かもしれないが、リュカスであればと思う。

サラは物思いを止め、気分を入れ替えようと窓の外を眺めた。

春——四月に相応しい青空を背に、二羽のツグミが飛んでいた。

前庭には白木蓮《はくもくれん》の花弁が散っており、いつもの風景が心なしか華やかに見える。

近くの公園に出かければ、木立の根元に待雪草が一面花開いているのが見られるだろうし、市場では、旬の羊肉やマスが出回っているだろう。

(晩ご飯、なんにしようかな。……そうだ。早く片付け終えられたら、市場まで寄り道してタルトを買って帰ろう)

昨日、請求書回収に行ったコヴェント市場に、新しい菓子店が出来ていたのだ。

(奮発して早摘み苺のタルトに、とびっきりの生クリームを載せてもらう。紅茶はミルクなし!)

気合いを入れるため、楽しいことを考えてみる。

気持ちを上げなければ。今日の仕事は骨が折れるのだ。計算ばかりで外出もないのだから。

(よし。絶対に早く終わらせてタルトを買う)

決心し、甘酸っぱい味を想像し唾《の》を呑んでいると、唐突に教会の鐘が鳴りだした。

サラが驚き立ち上がると同時に、書類に専念していた同僚たちが、一斉に顔を上げる。

港の方から、騎士たちを乗せた軍船の到着を示すファンファーレが聞こえだす。

事務室の扉が勢いよく開き、伝令をしている見習い騎士の少年が転がり込んで来る。

「第一騎士団の船が到着しましたっ！　あと一時間ほどで港に入るそうです！」

途端、サラ以外の面子も立ち上がり、見習い騎士の少年を囲みだす。

「聞いてねえぞ。二日後に入港予定じゃなかったのか」

「さすが無敵の英雄。行った、勝った、戻った。ぐらいにしか考えてねえ……」

皆で感心する中、リュカスの帰還で仕事の締め切りが前倒しになる者が悲鳴をあげた。

「ってことは、お前ら！　議会への軍務報告会も前倒しになるぞ！　決算書は間に合うのか？」

同僚の一人が、眼鏡がずれる勢いで頭を抱える。

「それより、戦闘に出ていた奴《やつ》の特別休暇の処理を、至急、人事と詰めねえと」

にわか騒がしくなる中、一番奥の席にいた男があくびをした。

机に両脚を投げ出し、頭の後ろで手を組んで見物していた中年男だ。

「騒ぐなっつーの。……リュカスの奴め。早く着くなら、伝書鳩《でんしょばと》ぐらい飛ばせってんだ」

だらしなく開いたシャツの胸元をのんびりと掻《か》き、その男――マーキス主計長が立ち上がる。

元は財務局で働いていたが、口の悪さと生活態度のだらしなさで煙たがられ、地方左遷の憂き目にあった男だ。この程度の態度の悪さは日常である。

どういった経緯で騎士団本部に拾われ、騎士達の財布――主計を握る長になったかは謎なのだが、計算にはめっぽう強く、給料計算はもちろん、軍全体の食事や宿の手配はお手のもの。果てには、この男なしでは、騎士団は寝るもの喰うものに事欠くと冗談の種になっている。人が動けば物や金が動く。物が動けばそろばん係は多忙になる。

早すぎるリュカスの帰還に、マーキス主計長が茶々を入れるのは想定内だ。呆《あき》れる部下を見回し、マーキスは葉巻を咥《くわ》えながら窓際へ来る。

「さて、仕事を割り振りし直すか。……ルーは商会を回って請求書を集めてこい。で、サラ」

こっちを向いて、マーキスはにやっと口を歪《ゆが》める。

「お前、ちょっくらリュカスんトコに行ってこい」

騎士団長を呼び捨てにしたことより、港へ使い走りさせられることにサラは驚いた。

「ええっ！」

「ほれ、お前たしか、リュカスと面識あっただろ。親父《おやじ》さんの見習い騎士だったとかで」

先ほど思い出に浸っていたのを見抜かれたようで、サラがどきりとしていると、マーキスは咥え煙草《たばこ》を上下に揺らし、ふふんと笑う。

「知らねえ奴が行くより話が早いだろ。……今日、帰還するとは思わなかったから、第一騎士団の主担当も副担当も休みになってるし。となるとサラぐらいしかいねえ」

「面識って、ここ数年、話もしてませんよ！　……それより、私も誰かの補佐をしたほうが」

「馬ッ鹿。首を三つも四つも横に並べて、同じ式を検算してどうすんだ。……わかったら、さっさと行って、リュカスから帳簿をせしめてこい。どーせあいつ、金勘定はどっさり溜《た》めてるんだ。俺に投げればいいと思いやがって。ほれ、早くいけ」

「了解いたしましたっ！　もう！」

マーキスは職を紹介してくれた恩人であるが、こういう時の人使いは荒い。

ぼやぼやすれば、思いつく端から、アレもコレもと追加されるに決まっている。

サラは取り急ぎ、椅子に掛けていたショールを羽織り、事務室を出た。

（こんな形で、リュカス様と再会できるだなんて……！）

歓《よろこ》びと不安をない交ぜにしながら、サラは駆けだす。

机にある書類の山も、ご褒美に考えていたタルトも、とうに頭から吹き飛んでいた。


サラの乗った街馬車は、港が近づくにつれ動きを鈍くした。

外を眺めなくても、扉の隙間から聞こえるざわめきだけで、人混みのすごさがわかる。

「お客さん、これ以上は馬車じゃ無理ですぜ」

馬を御していた老人が、御者台から振り返る。

「ここで大丈夫です。ありがとう」

運賃を渡し、急ぎたい気持ちを抑え、ゆっくり降りる。

ふくらはぎ丈のスカートに編み上げのブーツと、比較的動きやすい格好をしているが、お尻を膨らませるバッスルが、どうしても馬車の戸口に引っかかってしまうのだ。

御者にお礼を告げ石畳に降りたサラの側を、街の子ども達が駆け抜けた。

「もう船が来てるぞっ」

声につられ顔をあげれば、帆をいっぱいに張った大型軍船が入港しているのが見える。

「リュカス様だ！　リュカス様が戻られたよ！」

「まってお兄ちゃぁあん！」

港へ向かう子どもたちはにぎやかで、王の帰還でもこうはいくまいとの盛り上がりだ。

それもそうだろう。

リュカスは、街の人々にとって、王より身近でわかりやすい英雄なのだ。

平民から騎士になった上、四年前まで続いていた継承戦争で若き王を玉座へ導いた男。

前線では誰よりも勇敢に戦う上、市民にも優しく、困りごとには気さくに手を貸す。

生まれた時から騎士称号が与えられている貴族とは異なり、平民出身者は、騎士見習いから始まり、厳しい選抜試験を経て、騎士養成士官学校で四年も学ぶ必要がある。

そうやって苦労して騎士になれても、ほとんどが貴族子弟の補佐や、お目付役などで終わってしまう。

なのにリュカスは、小さなことでも見逃さず取り組み、着実に手柄を上げ、二十九歳の若さで騎士団長となった。

緩和されてきたが、貴族との身分差はまだ大きく、不条理な思いをさせられる庶民も多い。そんな中、自分たちと同じ環境で育った青年が重用されていく姿は、自分たちの意見がいつか王に届くのではないかと予感させ、民の心の支えや希望になっていた。

だからリュカスが騎士として名を上げるほど、街の人々は熱狂するのだ。

その彼が、貿易船を襲う海賊たちの根城を制圧する任務を終えて、三ヶ月ぶりに帰還した。

島国であるブリトンにとって、貿易は生命線だ。民の感謝も一塩だろう。

車道も歩道もなく騒ぐ人々の間を縫って、サラは港湾地区に足を進める。

船が接舷している辺りは、足の踏み場もないほど混雑していた。

「急がなくちゃ」

気合いを入れ、サラは人に揉《も》まれながら桟橋を目指す。

押し寄せる波頭のきらめきや、遮ることなく降り注ぐ太陽の光。

澄み切った青空の下にあるのは、碧《あお》い海ではなく――ドレスを纏い、小さな花束や日傘を振り回す令嬢や町娘たちだった。

(うわ、相変わらず……大人気)

桃色に翡翠《ひすい》色。オレンジに紫と、画家が絵の具の箱をひっくり返したような有様だ。

手にする日傘はなお派手で、フリルやぶら下がる硝子玉《がらす》などで、目がちかちかする。

本来なら、桟橋には騎士団の関係者か騎士の家族しか入れないのだが、出入りを確認する港湾警備隊は、騒ぐ女性達の後で途方に暮れた顔をしていた。

近くにいた港湾警備隊の若者が、事務官用の軍服を着ているサラに気付いた。

「主計部からの使いです。リュカス・ケイラー騎士団長から帳簿を頂きたく」

軍服から下がる身分証のメダルを見せると、港湾警備隊の若者が頭を下げた。

「すみません。行きにくいですよね。規制する前に、彼女らが集まってしまって」

「貴方《あなた》のせいではありませんよ。……逆に大変だったでしょう？　お疲れ様です」

サラが笑顔でねぎらうと、若者はぱっと顔を赤くして場所を譲る。

（馴《な》れ馴《な》れし過ぎたかしら？）

別に責めるつもりはなかったので、こちらも恐縮してしまう。

桟橋にいる女性らは、入港を知らせる鐘を聞いて集まったのではなく、毎日、港で船を待っていたのだろう。そうでなければ、港湾警備隊より早く集えない。

彼女らの熱意に押されていると、周囲の女性たちがわあっと歓声を上げた。

船の昇降舷梯《げんてい》の上に、騎士たちが姿を現したのだ。

（巻き込まれたら身動きが取れなくなる！　早く前にいかなくちゃ）

サラは覚悟を決めて、女性たちの輪に飛び込むが、すぐ左右から押され潰されかける。

「帳簿、帳簿……」

つぶやき、自分を奮い立たせつつ、サラは両手で人混みをかき分けていく。

ただでさえ人が多い上、女性達のドレスや日傘が邪魔で、なかなか前に進めない。

その上、藤籠でドレスの臀部《でんぶ》を膨らませているバッスルが、かさばって仕方がないのだ。

枠を壊さないようサラが気を付けても、英雄に夢中な相手はおかまいなしだ。

（ああ、コンウォール公爵令嬢もいる）

一際目立つ集団を先に見つけ、サラは暗澹《あんたん》とした気持ちになってくる。

ドレスから髪飾りまで緋色《ひいろ》で揃えたコンウォール公爵令嬢キャサリンは、取り巻きに同色の日傘を持たせ、造花やら硝子ビーズやらが沢山ついた扇で、盛んに顔を扇《あお》いでいる。

蒼《あお》が印象的な目は、ずっと船の上を――甲板にいる騎士団長リュカスに釘付《くぎづ》けになっていた。

（できれば関わりたくない）

というのも、キャサリンは悪い意味で有名なのだ。

キャサリンは他の貴族令嬢と同じく、リュカスの花嫁になろうとがんばる娘だ。

が、そのやり口は、少々強引だと聞く。

混雑に紛れ、競争相手のドレスに靴の泥を擦りつけたり、悪口を広めたりと、足の引っ張り合いに忙しい。

（必死になるのもわかるけれど、ちょっと、彼女らとは合わないというか）

公爵令嬢と地位が高いキャサリンだが、父であるコンウォール公爵は、現王の即位に際するごたごたで敵対勢力に協力していたため、権力も領地もほとんど失っていた。

そこで、王の片腕として出世し続けるリュカスと縁を結び、口添えで主流派へ返り咲こうと、娘をけしかけていることで有名だ。

貴族間の権力争いについては、あまり詳しくないサラだが、ありえる話だとは思う。

本来なら、こうして出歩き、異性の気を引くために騒ぐなど、貴族の娘として許されない。

しかしキャサリンは、平気でリュカスの前に現れては、自分を印象づけようとする。

そして一人が礼儀を無視すると、ずるい、私もと、他の娘達まで親の制止を振り切り、こうして集まるようになり——結果、黄色い声がリュカスを取り巻くことが常態化した。

「ほんとうに、すごい人になっちゃったんだなあ……」

てっぺんにある林檎《りんご》を欲しがるサラの為《ため》に、無茶な木登りをして、大人たちに怒られていた少年と、同じ人物だと思えない。

女の子の熱狂ぶりだけで、サラと遊んでくれた時の彼とは違うのだと、悟れてしまう。

(仕事ついでに雑談なんて、時間も隙もなさそう)

簡単に考えていた自分が馬鹿に思え、サラは人混みの中で苦笑する。

父が生きていた頃ならいざ知らず、今のサラはただの町娘。

サラにとっては忘れられない初恋相手だが、リュカスにとっては違う。

この人混みの中では、きっと有象無象の一人でしかない。

うなだれがちになっていた顔を上げ、両手で頬を軽く叩《たた》く。

(うん。落ち込んでいる場合じゃない。まずは仕事をちゃんとしなきゃ！　がっかりするのは、その後、一人の時でいい)

気合いを入れた途端、公爵令嬢キャサリンの一団と目があってしまう。

誰かが「サラよ」と囁《ささや》き、女性たちが目配せを交わしだす。

なぜ自分がと不思議に思った途端、サラの髪が日傘の先に引っかけられた。

「痛ッ……！」

音を上げると同時に、前後左右から体当たりされ、嫌な音をたててバッスルが壊れていく。

「えっ、ええっ？」

急に変化した状況に目を白黒させる間に、背後で布が裂ける音が聞こえた。

バッスルが潰れた弾みに、軍服のスカート部分が裂けたらしい。

(まさか、まだ、あの噂が信じられてる……とか？)

軍属として働き始めた頃、サラとリュカスは恋愛関係にあると噂されていた。

実際は幼なじみで、恋愛関係どころか、顔を合わせても話すらできない状態だったので、噂はすぐに消えたが、キャサリンたちは、まだ誤解しているのかもしれない。

はた迷惑だと思いながら、サラは首を回し背後を見る。

下にペチコートを重ねているので肌が見られるわけではないが、それでも充分恥ずかしい。なにより自活するサラにとって、服と下着を買い直すのはなかなかに手痛い出費だ。

(絶対、マーキス主計長に、損害手当を出してもらうんだから！)

ともかく先に進まなければ。

懸命になって手足を動かすも、まるでサラを阻むように、女の子たちが密集しだす。

「邪魔よ！」

横にいたキャサリンが、金切り声を上げてサラを蹴り飛ばす。

「わわっ……！」

よろけると同時に横から足を引っかけられ、背中を強く押されてしまう。

前を塞いでいたはずの人混みは、木こりが薪《まき》を割るようにして、左右に分かれ——。

「あっ！」

目の前に桟橋の端が見え、海面が迫る。

(海に落ちる……！)

心の中で悲鳴を上げた刹那、足を踏み切る音がしてサラの腕が引っ張られた。

身体が浮き、次の瞬間、サラは鈍い衝撃とともに、誰かの胸板に顔をぶつけてしまう。

「ッ……！」

鼻頭の痛みに顔を歪めたサラの耳に、大音量で飛び込んでくる女性の悲鳴が響く。

状況がわからずもがくも、両腕ごと誰かに抱きすくめられていて自由に動けない。

一体誰がと、混乱したまま頭で前を見た瞬間、サラは思考を停止する。

他の騎士たちとは明らかに格が違う、勲章や飾り緒の多い立派な軍服。

海と空を背景にはためく若草色のマントには、精緻な金刺繍が施されており、とても豪華だ。

そんな軍服を着ている人間など、この国にそう多くない。

とくに、騎士団の象徴でもある、黄金の蔓薔薇が縁取り刺繍されたマントを着る者は、サラが知る限り二人だけ。

一人は自分の父親。もう一人は——。

(ま、まさか……)

変な汗を背筋に伝わせながら顔を上げ、サラはそのまま言葉を失ってしまう。

絹糸のように黒くしなやかな男の髪が、春の陽光に艶《つや》めきながら海風になびいている。

滑らかで張りのある肌に、細く整った眉。

長く繊細なまつげは女性的なのに、形良く鋭利な輪郭と、高い鼻梁《びりょう》は男らしい。

瞳はこの国では滅多《めった》に見ない藍色で、瑠璃さながらに虹彩に金が散っている。

非の打ち所がない肢体と美貌は完璧で、どこか無機物めいていた。

けれどそれだけに、ちょっとした眼差しや表情の変化で、驚くほど雰囲気が変わる。

だからだろう。

彼が熱気で肌を汗ばませる様子や、声を上げ、喉仏を震わせ笑う様子に、多くの女性達が魅了されてしまうのは。

サラだって同じだった。遠くから見ては憧れていた。

（そんな……嘘《うそ》だわ！）

一気に頭に血が上り、顔が火照りだす中、ようやくの思いで呼吸を整えていると、サラと同じように目を大きくしていた相手が、唇を震わせ名を呼んだ。

「サラ」

「えっ？」

「サラだ。間違いない」

心底驚いた風な声で問われ、手に触れた胸板の厚さにどぎまぎしながら確認する。

「覚えていらっしゃったんですか、……リュカス様」

緊張で、か細くなった声で尋ねれば、彼は当たり前だとしっかりうなずく。

「どうして、君がここに。……いや、それより大丈夫か」

真《ま》っ直《す》ぐに顔をのぞき込まれ、驚きと羞恥で声を失ってしまう。

無言でぱくぱくと口を開閉させていると、リュカスはさらに顔を寄せ、心配げに尋ねてくる。

「動悸《どうき》がつらいのか？　足はどうだ」

「あっ、だ、大丈夫です！」

手でそっと相手を押すと、リュカスは名残惜しげにしながら腕の力を緩める。

潮風が抜け、すっとしたのも一瞬。

リュカスと距離を取ろうと引いたかかとが、桟橋の段差に引っかかりふらつく。

「サラ！」

今度は背ではなく、腰を強く引かれ密着する。

きゃあああとも、ぎゃあああとも付かない、鳥獣の悲鳴じみた声が辺りを騒がすが、リュカスはまるで構わず、呆然《ぼうぜん》とするサラを腕に目を細めた。

「無理しなくても。立てないなら、このまま抱えて船の医務室に連れていくが」

うなずきかけ、次の瞬間、首がもげそうなほど激しく左右に振っていた。

(こ、このまま抱きかかえられたら、きっと殺される！)

周囲の女性達の視線が、嫉妬から殺気に変わっている。

これ以上リュカスに気を遣われれば、サラは闇討ちされかねない。

人混みに押され、転びかけるという子どもみたいな真似《まね》をした上、女性達が待ち望んでいた騎士団長、リュカス・ケイラーに抱き留められたのだ。

気まずい空気の中、サラは身を縮めながらお礼を言う。

「随分水くさいな。……どうした」

リュカスが見せた予想外の親しさにどぎまぎしながら、まずは仕事だとサラは咳払《せきばら》いする。

「帳簿を取りに来たんです」

「帳簿……？　俺ではなく、帳簿、か」

がっかりした様子を見せるリュカスに、疑問符が浮かぶも、サラは大きくうなずいた。

仕事だということをはっきりさせておかなければ、お互い、後で困ったことになる。

──なによ、あの地味な子。髪もドレスも滅茶苦茶じゃない。

──軍属の下働き娘が勘違いしちゃって。仕事ならさっさとどきなさいよ。

そんな声が切れ切れに聞こえたのに加え、自分の格好を見られることに抵抗があった。

背中で一本にまとめた三つ編みは、使い古された荒縄みたいにほつれているし、スカートの形を整えるバッスルも、歪むどころか藤籠ごと潰れてぺしゃんこだ。

人混みに揉まれ、日傘につつかれたにしても酷《ひど》い。

おまけに、働き詰めで化粧一つしていない上、鼻や額が汗でてかっている。

駄目押しに、やぼったく堅苦しい濃灰色の軍服。

周りにいる女性たちと比べ、格別にみっともない姿だ。

「早く戻らないと、マーキス主計長から怒られてしまいます」

冗談めかせていいながら、顔をうつむける。

途端、頭上から長い溜息《ためいき》が聞こえた。

（きっと、付き合いが悪いと思われている……）

サラとしてもリュカスともう少し話していたい。だけど下らない見栄《みえ》が邪魔をする。

できれば、かわいいと思って欲しかったし、少しは綺麗になったと思って欲しい。

憧れの男性からよく思われたい。それは女の子ならだれだってそうだろう。

受け取って、早くここを逃げ出したい。

身を小さくしていると、リュカスが部下に帳簿類を持ってくるよう命じた。

ほどなくして、一人の騎士が革張りの本や台帳を抱えて来た。

「結構、綺麗に整理されていますね。これなら今日中になんとかなります」

受け取った紙束の重さを腕に感じながら、サラが帳簿が揃っているか確認していると、横で見守っていたリュカスが、脇から手を伸ばす。

「重いだろう、サラ。……騎士団本部だったら、俺も持つから一緒に行こう」

「いいえ。騎士団長に荷を持たせるなんて、とんでもありません」

そそくさと身を離すと、リュカスが面白くなさそうな顔で目を横に向けた。

(悪いことをしたかも)

久々に会った幼なじみに懐かしさを感じ、語りたいと思ってくれたのかもしれない。

だけど今は、場所も状況も好ましくない。

「それでは、先に行きます。マーキス主計長たちが待っていますから」

相手の返事も待たず、サラは人混みの中へと身を翻す。

それを追うようにして、リュカスが声を上げた。

「サラ！　俺は王宮へ帰還報告へ向かう。だが、それが終わり次第……」

命令か、事務の頼み事か。どちらかわからなかったが、なにごとか伝えたげだったリュカスの声は、あっというまに女性達の黄色い声に呑まれて消えた。

英雄の接近に、今まで遠巻きに様子を窺《うかが》っていた女性たちが殺到しだしたのだ。

「お帰りなさいませ、リュカス様！　キャサリンは無事を毎日お祈りしておりましたわ！」

芝居がかった台詞《せりふ》を叫びながら、最前列にいたキャサリンが大げさに身を捩《よじ》り飛び出す。

それを見た他の娘達も一斉に歩を進め、警備をしていた騎士達の輪が崩れてしまう。

すぐさまリュカスは女性達に囲まれ、祝福の言葉や花束を押しつけられる。

先に進むに従い、歩くのが楽になるサラとは逆に、彼は囲まれ身動きが取れなくなっていく。

強引に払いのけようにも、相手は貴族の令嬢ばかり。

そのせいか、周囲にいる騎士達や港湾警備隊も強く出られず、下がれ下がれと警告しているが、女達は誰も聞いてはいない。

激しくなる一方の騒ぎを後ろに、サラは帳簿を抱え、野ねずみの気分で街へ走り逃げていた。

第二章　媚薬《びやく》の罠《わな》となりゆきの一夜

山ほどあった伝票や経理簿は、主計長マーキスの振り分けの元、どんどん処理された。

細々とした精算や手配はまだ残っていたが、夜九時に主計業務は終了となった。

戦時中でもないのに、無理する必要ないと言うのがマーキスの持論だ。

仕事の山を超えた事務技官たちは、ねぎらいに奢《おご》るというマーキスと酒場に繰り出した。

サラも誘われてはいたが、夜遅くまで続きそうだったので断った――が。

(どうしよう、これ……)

机の上にある書類を前に、サラは頭を抱えてしまう。

帰るなら通りがけになるからと、マーキスから書類の配達を頼まれたのだ。

行き先は第一騎士団長執務室――つまり、リュカスの部屋。

昼間、海に落ちかけていた処を助けられた上、散々な格好を見られた。

だから、なんだかリュカスに会うのが気まずい。

腰の重さにうなっていると、閉め忘れられていた窓から軽やかな音楽が聞こえた。

王宮の本殿で、任務成功を祝う宴が開かれているのだ。

主役はもちろん、帰還したばかりの第一騎士団長リュカス・ケイラーである。

(執務室に行って、机に置いてくるだけ。宴に出てるリュカス様と会うことはない。……って、わかっているけど気が沈むな)

サラは机に突っ伏し、盛大に溜息を落とす。

(さっと行って、さっと置いて、家に帰ればいい。リュカス様に会うこともない)

わかっているのに動けない。

これが終われば、サラとリュカスが顔を合わせる機会はなく、また、遠くから眺めるだけの日々になるとわかっているからだ。

「格好よくなっていたな。昔より、ずっと」

父の元で見習い騎士をしていた時は、まだ少年の細さや脆《もろ》さがあったが、今は違う。

悔しいほど軍服が似合う、大人の男になっていた。

港で助けられた時、彼の胸元から柑橘系《かんきつけい》の香水と、馬具の手入れに使う松脂《まつやに》の混じった香りがしたのを思い出す。爽やかなのに、どこか官能的な香りだ。

サラは、ドギマギして立ち上がる。

乱雑な動きに、座っていた椅子が音を立てるが、それ以上に鼓動の音は激しかった。

気持ちを落ち着けるため、誰もいない事務室をうろうろ歩き回り、深呼吸をする。

なのに一度甦《よみがえ》った感触や匂いは、サラの理性に反してしつこくつきまとう。

「いやいや、意識しすぎ！　自意識過剰だからっ！」

たまらず叫び、荒れた息を整えていると、夜に陰る窓に自分の姿が映っていた。

ランプの光を受けて輝く硝子に自分を見た途端、サラの気持ちはさっと冷える。

「本当に、自意識過剰」

髪色こそ、珍しい薄紅色で人目を惹《ひ》くが、手入れが悪いので艶が足りない。

身長だって高くないし、色気が出るほど胸も大きくない。

「嫌になるぐらい平凡なのに、気にしてどうするの」

もう何年も間近で会っていないのに、自分だと気付いてくれた。

それだけでなく、助け、騎士団まで送ると言ってくれた。

けれど、多分、彼にとって大した意味はない。

幼い頃、面倒を見た少女に再会し、懐かしさから声をかけ、幼い頃と同じく、兄のような立ち位置から優しくしようとしただけだろう。

なのに期待して、浮かれて、よく思われたいなんて図に乗りすぎだ。

貴族から平民に落ちこぼれた娘と、王に寵愛《ちょうあい》され今をときめく騎士団長。

どうやったって、釣り合いが取れっこない。

（うん。意識しすぎ。父様がしょっちゅう、リュカス様を私の婿になんてからかったから、私も、気にしすぎというか……)

好きだったことは間違いない。今だって憧れはある。

だけど二人の関係はもう以前と違う。

しかも今回の遠征成功を決め手に、リュカスは貴族に叙されるとの噂だ。

王位継承戦争のあった四年前から現王に側付き、次から次に勝利をもたらすリュカスは、他に類を見ないほど重用されている。

平民出身であることを問題視する頭の固い保守派もいるが、リュカスが貴族として新たな家紋を抱くことは、おおむね好意的に受け止められていた。

伯爵か、公爵か。いずれにせよ今よりずっと、サラとの距離は離れる。

(無駄な期待は抱かず、密《ひそ》かに焦がれ、応援するに留《とど》めたほうがいい)

お決まりの結論を自分に言い聞かせ、サラは書類の束を取って事務室を出る。

宴で賑《にぎ》やかな本宮とは異なり、騎士団が使う右翼棟は人気が少なく、静まりかえっていた。

時折、巡回警備の騎士を見るぐらいで、回廊は柱の影ばかりが目立つ。

思い悩む内に遅くなりすぎた。住んでいる下宿は王宮から歩いて数分の処だが、足音で大家の老婦人を起こしてしまうのは申し訳ない。

小走りになりながら、サラは第一騎士団長執務室を目指す。

(あら?)

いつも部屋の前に立っている護衛がいない。宴の警備で駆り出されたのだろうか。
首をひねりながら扉に手を当てると、抵抗もなくするりと開いた。
どうやら、きちんと閉ざされていなかったようだ。
不用心だなと考え、中に足を踏み入れた途端、視界を黒い影が遮る。
声を上げようとするより早く口を塞がれ、強引に部屋へ連れ込まれた。
恐怖で身を固くする間に扉に鍵が掛けられ、背筋の毛が逆立ち震える。
「ッ……！」
思いっきり叫んだはずなのに、喉が震えるだけで声は漏れない。
手慣れたやりかたに、賊ではなく訓練された戦士だと悟り、サラの頭は真っ白になる。
(こ、殺されちゃう！)
ばたばたと足を動かしていると、頭上から低い声がした。
「誰だ。……ここまで、追って来て、なんのつもり……だ」
急《せ》いた呼吸に紛らせながら、正体を探る声に目をみはる。
(リュカス様……？)
驚きから腕の力が抜け、持っていた書類が床に散らばる。
その音で、なにか違うと気付いたのだろう。
背後から拘束するリュカスの腕が緩められ、確かめながら口を塞ぐ手が浮く。

途端に呼吸が楽になり、サラは息を漏らしながら背後を見上げた。

「……サラ、どうして」

「リュカス様……いえ、騎士団長の署名が必要だから届けるようにと、上官に言われて、って」

明かり一つない部屋の闇に慣れた目が、困惑する男の顔を認識した。

どこかリュカスの様子がおかしい。

額に汗が浮き、頬や目元が朱を含んでおり、瞳は見てわかるほど潤んでいる。

飲み過ぎたにしては呼吸が荒く、まるでなにかを堪えるように、眉間がひくひく動いていた。

「あの、大丈夫ですか……？」

顔色は悪くない。だが、サラの口元に触れる掌《てのひら》がひどく熱い。

風邪か、それとも違う熱病か。どちらにしても普通じゃない。

どうしたのかと相手を見つめれば、彼はやるせなげに息を吐き、わずかに掠《かす》れた声を出す。

「まいったな。こんな夜に、サラと居合わせるなんて……」

悔やむような口ぶりで、誰か約束があったのだと気付く。

(こんな夜にって……、ここで誰かと待ち合わせしていた？　でも)

紳士的なリュカスからは考えられない荒っぽさで、部屋に引き込まれたのは何故《なぜ》だろう。

いずれにしても、邪魔になってはいけない。書類を渡して去った方がいい。

頭ではわかっているのに実行できない。

というのも、身体に巻き付くリュカスの腕が外れないからだ。

「ごめんなさい、書類を拾わないと」

「そんなことはどうでもいい。……早くここを去れ」

腹の底に響く低音に、ぎくりと身体が竦《すく》む。同時に、リュカスの顔も辛そうに歪んでいた。

「ごめんなさい、邪魔をして。でも、その、申し上げ難いのですが、ええと腕が」

サラは勇気を奮って、リュカスの腕で動けないことを指で示す。

「……ああ」

気怠《けだる》げな返事とは裏腹に、身体に巻き付く腕はさっぱり離れない。

それどころか、身の内に取り込もうとせんばかりに、サラの身体を抱き寄せる。

「リュカス様! 腕!」

恋人のような親密な距離に、堪《たま》らず叫ぶ。

羞恥やら困惑やら、いろいろなものがごっちゃになって、頭が回らない。

早く去れと言ったり、離れられないよう抱き締めたり、まるでリュカスがわからない。

叫びに驚いたのか、リュカスの力が緩んだ。

サラは素早く男の腕から抜け出し、しゃがんで書類を集めてしまう。

動揺に震える手で揃え、執務机に置いて深呼吸すれば、背後でどさりと大きな音がする。

見ると、壁に寄りかかっていたリュカスが身体を崩し、床に膝をついていた。

「大丈夫ですか！　リュカス様！」

あわてて駆け寄るも、距離を取れと言わんばかりに手が振られてしまう。

目に見えた拒絶に心がしくりと痛むが、それより、相手のほうが気がかりだ。

先ほどより力なく振られた腕を取り、支えるように肩へ回しながら顔をのぞき込む。

(酔ってはいない。けれど、この香りは？)

酒や砂糖菓子とは違う、甘く、絡みつくような匂いがリュカスの口元から漂っている。

特徴的で鼻に染みつきそうな匂いだ。吸い込んだ途端、サラの頭がぼうっとした。

心地よいものではない。自然な反応とは違う酩酊《めいてい》感が脳を犯す。

理性にいやらしい触手が絡みつき、徐々に思考を奪い、たちまち世界が頼りなく揺らぐ。

「なに、これ……」

手足から力が抜けていき、身体を支えるのもおっくうだ。

思うより早く声を出すと、リュカスが忌ま忌ましげに舌打ちした。

「薬だ」

「薬……？　一体なんの……」

端的すぎる回答を掘り下げようとするも、廊下のほうから荒れた足音が迫り来る。

「くそっ」

毒づくなり、それまでの気怠い様子をかなぐり捨て、リュカスは力尽くでサラを腕に抱く。

「きゃっ……！」

小さい悲鳴を上げた時には、もう彼に抱え上げられていた。

視点の高さに怯《おび》えるいとまもなく、リュカスはサラを抱いて書棚の脇にある扉を開く。

部屋の奥は簡素な寝室となっており、庭園から入る月光が室内を照らし出していた。

訳がわからず目を白黒させていると、リュカスは、サラもろとも側にあったクローゼットへ飛び込み、素早く戸を閉め切った。

説明を求めようとした口が再び手で塞がれ、座らされた身体は、逞《たくま》しい脚に挟まれる。

「静かに。いい子だから、動かないでいてくれ」

鋭い声で囁き、サラがなんとかうなずいた時だ。

執務室の扉が叩かれ、複数の足音がぴたりと止まる。

「いたか？」

「いや、鍵が掛かっている。……やはりここではないようだ。本宮のほうか」

「意外にしぶとい。あれを口にしてこうまで逃げ回れるとは…………別を探すぞ」

物騒な会話に身を小さくしているうちに、男達の気配が遠ざかっていく。

「……行ったか」

サラに伝えると言うよりは、自分に言い聞かせるようにしてリュカスが囁いた。

だが、安堵《あんど》なんてできるはずがない。

密着した背中から伝わる熱や、呼吸ごとに首筋を撫《な》でる男の息吹に気が乱される。

必死になって身を小さくしているのに、相手はかまわず、サラをきつく抱き込み、耳に触れそうなほど近くで囁く。

「サラ?」

くすぐったさとも痺《しび》れともつかないものが、背筋からうなじまで這《は》い上《あ》がる。

小動物の動きで肩をびくつかせると、逃さないと言う風に、リュカスの腕に力が籠もった。

「ッ……!　リュ、リュカス、さ、ま」

羞恥のあまりつい名を口にしてしまう。

すると相手は息を呑み、ごくりと喉を鳴らして唾を呑む。

狭いクローゼットの中に、妙な緊張が漂った。

動けば、なにかが起こりそうでじっとしていると、リュカスの荒れた息づかいが耳に届く。

はっ、はっと勢いよく吐き、一呼吸ごとにはっきりと途切れる様子は、まるで飢えた肉食獣のようで、変に心がざわめいてしまう。

息を継ぐごとに大きく胸郭が膨らみ、サラの背に密着するのもいけない。

結婚している訳でもない、まして恋人でもない男性とこれほど身体を寄せ合うなんて初めてだ。落ち着かなくてはと思う理性とは裏腹に、羞恥と困惑ばかりが募る。

サラの身体も変に興奮していて、心臓が跳ねる音が嫌に大きい。

どうかしたら相手に知られてしまうのではないかと思うと、いても立ってもいられない。

耐えきれず身を竦めれば、リュカスがやるせなさげに嘆息し、サラの肩口に額を押しつけた。

さらりとした黒髪が首筋を撫でて身を竦めたのも一瞬、肌を灼《や》く男の体温に飛び上がる。

「リュカス様、酷い熱ですよ！」

動転して裏返った声で叫ぶも、相手はサラに寄りかかったまま動かない。

手を伸ばし、どうにかクローゼットの扉を開く。

冷めたさが肌を撫で、濃蜜さに満ちていた空気が霧散した。

とにかく外に出なければと身を乗り出したが、二人絡まり合うようにして床に落ちてしまう。

どさりと乾いた音をたてて絨毯《じゅうたん》へ転がるが、打ち身の痛さはない。

意外だと目を丸くしていると、リュカスの腕がしっかりとサラを庇《かば》っていた。

「あ、すみません。……大丈夫ですか、ケイラー騎士団長」

床に転がる彼の頭を膝に乗せ、守るようにして腕に抱きながら、視線を周囲に巡らせる。

(なんとかして、リュカス様を休ませないと)

リュカスがなんらかの薬を盛られたこと、そのせいで体調がおかしいことは理解できた。

まずは横になってもらい、それから水だと考える。

騎士団長用の仮眠室なのが幸いだ。

平時に利用されることはあまりないが、戦争が起こった時や、大がかりな警備を必要とする催しがある時、ここで着替えたり泊まったりできるよう、一通りの家具が備えてある。

サラたちが隠れたクローゼットにベッド。洗面用具に書き物机。

都合がよいことに、窓際の小テーブルに水差しも用意されている。

どんな薬を飲んだかわからないが、ひとまず水で楽にはなれるだろう。

そう判断し、膝に抱くリュカスの頬を軽く叩き、意識を確認する。

が、彼はそれを非難と受け取ったのか、目を閉じたまま、馬鹿丁寧に謝罪してきた。

「すまない。巻き込んでしまったようだ」

「いえ！　……驚きましたけど、ケイラー騎士団長にもご事情がおありのようでしたし」

あえて部下のような口ぶりで距離を置くと、リュカスが眉を顰《ひそ》め顔を横に向ける。

「先ほどのように、リュカスとは呼ばないんだな」

「それは……。今は騎士団長閣下と主計官補佐ですから。昔と同じではいけません」

本音は、名を呼ぶことで親密な雰囲気になることに、戸惑いとためらいがあったからなのだが、伝えても仕方がないだろう。

膝上にあるリュカスの頭に手を添え、落ち着かない心を持て余していると、彼は寝返りをうち、むずがる子どものようにしてサラの太腿《ふともも》に顔を埋めた。

「……ッ！」

驚きに飛び上がりかけるも、サラの腰はリュカスにがっちりと抱き込まれてしまう。

「ケイラー騎士団長！」

逃さないと言わんばかりに力を込められ、サラは口を開閉させるしかできない。

「幼い頃は、俺の名を、リュカ、リュカと舌足らずに略しては、後をちょこまか着いて回る、小さいお姫様だったのに。……つれないものだ」

「つれないって……！　昔話している状況ではありませんッ」

やっとの思いで伝え、ともかく彼をベッドに運ばなければと、サラは強引に立ち上がる。

「こちらで横になって休んでいてください。その間に私が王宮医務官を……」

呼吸を整えながらやるべき事を伝えると、立ち上がったリュカスが気怠げに吐き捨てる。

「無駄だ」

「えっ……？　無駄って、それはどういう」

振り返り、リュカスの顔を見た瞬間、サラは言葉を失ってしまう。

いつも綺麗に整えている髪を乱し、乱雑に喉元をくつろげながら、口端だけで笑う男がいた。昼間に港で見た堂々とした姿とも、幼い頃に憧れを持って追いかけた少年とも違う、どこか退廃的で張り詰めた空気に足が竦む。

ぞくぞくとしたものが背筋からうなじを這い上がり、変に喉が渇いてくる。

喉を鳴らすと、リュカスはサラにちらりと視線を向け、乱雑に髪を掻《か》き上《あ》げた。

「王宮医務官を呼んでも意味がない。なにせ、盛られたのはただの薬ではなく、媚薬《びやく》だからな」

苦笑とも嘲笑とも言えない曖昧な表情で、辛辣に吐き捨てられる。

「び……媚薬？」

聞き慣れない単語を繰り返せば、リュカスは顔をしかめて顔を逸《そ》らす。

「サラらしい反応だが、今はかえってもどかしいな。……こう伝えればいいのか？　人間を性的に興奮させ、男女の交わりでなければ消えない毒だと」

伝えつつベッドに座ったリュカスは、前髪の間からサラを見て嗤《わら》う。

「はっきりいって、今必要なのは王宮医務官ではなく、俺に肉体を提供できる女だ」

偽悪的なもの言いを十秒かけて理解した後、サラは顔を真っ赤にする。

「肉、にくって……つまり、その、それはあの」

軍という男所帯で働く以上、否応《いやおう》なくその手の話は耳にする。

どこそこの娼館の娘がどうだとか、未亡人と一晩の火遊びを楽しんだだとか、結構露骨だったりするが、よほど女として未熟に見えるのか、サラにお呼びがかかったことはない。

時たま、口説かれることもあったが、なぜか日を置かずして冗談にされたり、逃げられたりしたため、恋人といえる異性もいなかった。

だから、こうして面と向かって閨《ねや》ごとを話すなど初めてで、変に動揺してしまう。

いたたまれず、うつむいたままもじもじと軍服のスカートを弄《いじ》っていると、リュカスがはあっ……と大きく息を漏らした。

「わかったら行け。俺にもそんなに余裕はない。わかるだろう」

ぐしゃっと前髪を掴《つか》み、リュカスが歯を食いしばる。

先ほどは動転していて気付かなかったが、こめかみに珠のような汗が浮いている。

指先が震え、手の節が強《こわ》ばっていることからも、かなり苦しいのは伝わった。

本当に、このままリュカスを置いて、立ち去っていいのかと迷う。

時間を経れば楽になるなら、彼の言葉に従ったほうがいい。だけど、きっとそうではない。

(やっぱり医務官を。ううん、それじゃ駄目みたいだから、誰か……)

そこまで考えて愕然《がくぜん》とする。

媚薬の中和に必要なのは、医師ではなく女だとの台詞が、強烈な衝撃となって思考を揺らす。

リュカスをこのままにしてはおけない。

どう見ても正常ではない。呼吸は速いし体温も熱すぎる。

しきりに頭をふっていることから、意識を留めているのもきついのだろう。

どうすればいいのか考え、ためらい、サラは心臓の辺りをぎゅっと掴んで歩く。

いよいよ辛そうに息を継ぐリュカスの前に立つと、彼は苦しげに呻《うめ》き、顔を上げた。

「早く去れ。でないと……」

「私では、駄目ですか」

リュカスの拒絶を遮って、覚悟を伝える。

「サラ、なに、を……」

「私では、リュカス様の助けにはなりませんか。その……」

媚薬を中和する為に、身を捧《ささ》げる相手になる。

きちんと伝えようとするのに、舌が上手《うま》く動かせない。

リュカスは愕然とした顔をしたが、次の瞬間、くそっときつく毒付き、サラの腕を鷲掴《わしづか》んだ。

あっと言うまにベッドへ引き倒され、リュカスがサラの上に身を乗り上げてくる。

「あっ……！」

狼狽《ろうばい》の声を上げるも遅く、仰向《あおむ》けとなったサラを、リュカスは四肢を使って閉じ込めた。

「サラ……。サラ」

歓喜と悲痛がない交ぜになった声が、サラの心臓を射抜く。

「リュカス様……ふ、っ」

落ち着いてと伝えようとするも、疑問など口にさせないといった勢いで、唇が重ねられた。

「ふう、う……！」

肌と肌が触れるのとはまるで違う、柔らかく、温かい感触にドキリとした。

唇の薄い表皮を通して伝わる熱と、柔らかさゆえの濃い密着。

なにより、重なる唇から吹き込まれる吐息で、サラの頭は真っ白になる。

(なに、これ)

先ほど感じたものより遙《はる》かに濃密で、抗《あらが》いがたい気怠さと疼《うず》きが、甘い吐息となって身体に染み入ってくる。

興奮や好意とは違う衝動が肌をわななかせ、濁流じみた愉悦が思考を押し流していく。

――ああ、これが媚薬の作用なのか。

彼が口にしたものの名残が、吐息や唾液によって、サラの体内に流れ込んで来ているのだ。

消えそうに瞬く思考で理解するが、どうにもできない。

かわりに、唇が重なり、相手のこぼした息を吸うごとに物足りなさが募りだす。

もっと触れたい、もっと欲しいという欲求が身の内を荒らし、サラの意志などおかまいなしに体温が上がり、心臓が爆発しそうに大きく脈打つ。

昂《たか》ぶる身体と心に戸惑う中、リュカスがうっとりとサラを見つめているのに気付く。

他の女などいらないという風に見つめられ、サラの呼吸がさらに乱れがちとなる。

これは媚薬のせいだ。サラを求めている訳ではない。

自己に言い聞かせようとしているのに、男のひたむきな視線に気を奪われ上手くいかない。

そうこうする内に、リュカスの唇は触れる場所や圧を変え、サラを巧みに翻弄しだす。

(気持ち、いい)

媚薬のせいだろうか。あるいはリュカスへの好意ゆえか。

緊張や警戒といった張り詰めたものが、口づけごとに解けていく。

突然始まった接吻《せっぷん》に吐息を奪われながらも、サラは震える手を伸ばす。

わずかに残った理性を奮い立たせ、男の胸板に手を当てるが、リュカスを押し離すどころか、わななく指で軍服を掴んでしまう。

「っ、ふ……ぅ、く……」

唇の角度が変わり、わずかにできた隙間から息を継ぐも、どうにも足りない。

たまらず唇を解いた途端、予想もしない大胆さで、リュカスの舌がサラの口腔《こうこう》へ入り込む。

「っ……むぅ！」

ぬるりとしたものが歯列をくぐり、艶めかしい動きでサラの舌を舐《な》め上げる。

未知の感覚に縮こまろうとする女の舌を絡め取り、逃げられなくしてしまいながら、リュカスはサラをきつく抱き締めてきた。

——押しつけられる男の身体が、ひどく熱い。

天鵞絨《ビロード》でできた軍服を通してなお伝わる体温や、激しい鼓動にサラの頭が惑乱する。

閉じきれない口から溢《あふ》れた唾液をすすりあげ、舌をきつく吸いながら、リュカスはサラの身体を悠然と撫《な》で回しだす。

浮いた腰下にくぐった手が、思わせぶりに臀部を撫でた途端、得体の知れない疼きが背骨を伝い這い上がる。

空気を求め息を吸うが、一緒に男の舌まで吸い込んでしまい、ふしだらな密着は深まるばかりで終わりがない。

思考は酸欠でぼやけ、腕からどんどん力が抜けていく。

「う……ん、ンンぅっ……」

リュカス、と自分を乱す男の名を呼んだはずなのに、響くのは甘え媚《こ》びた鼻声ばかりで、サラの身体は一層羞恥に悶《もだ》えだす。

意識は徐々に混濁し、口腔を満たす蠢《うごめ》く熱い感触だけで、頭がいっぱいになる。

不思議と嫌悪はなかった。どころかもっと触れられたくて堪らなかった。

心地いいのだ。なにもかもが。

薬のせいかもしれないが、とにかく、リュカスという存在が心地いい。

肌で感じる男の胸の逞しさ。背を辿《たど》る手の感触。

それらが渾然一体《こんぜんいったい》となるにつれ、サラの身体を支える芯のようなものが甘く蕩《とろ》けていく。

触れられる場所が増えるに従って、身体を巡る血が燃え立ち、汗ばんだ肌が朱を含む。

「ん……、リュ、カス……様」

唇が解けた合間に名を呼んだ途端、男の目が欲望に輝いた。

「っ、……サラッ」

飢えた獣じみた声に、求められる歓びが煽《あお》られ、サラは身体を震わす。

これはおかしい。

好きだと伝え合うでもなく、まして将来を約束した恋人でもない。

ただ媚薬を緩和するだけの行為。

なのにひどく親密に触れ合い、淫らに唇を重ね互いを求めだしている。

「待って、リュカス様……これ、おかしい、です」

己の反応が信じられず訴えるも、聞かない素振りでリュカスはサラの背を撫で、失敗しながら軍服を留めるボタンを外しだす。

肌を見られることに羞恥を覚え伸ばした手は、瞬く間に男の手に囚《とら》われてしまう。

「あっ」

リュカスはサラの両手首をシーツに縫い付けながら、声を絞った。

「サラ。……どうしても、お前が欲しい。今すぐに」

己の欲望を持て余した雄の声に、心が奪われる。

「リュカス、様」

結婚の約束もなしに、異性に身を捧げるのはふしだらだ。

貴族の娘であれば、不品行として修道院へ閉じ込められてもおかしくない。

けれどサラは、もう貴族でない。父の死により男爵令嬢の名を失った。

突然の悲劇に、病がちだった母は心労で弱り、サラを置いて父の元へ行ってしまった。

近しい身寄りは一人として知らず、なんの後ろ盾もない。

(だけど、それゆえにしがらみは少ない)

貴族の娘と違って、平民の娘はさほど身持ちにうるさくない。

仮にここで過ちを犯したとしても、誰にも言わなければ知られないだろう。

恋人を作り、結婚するつもりであるなら問題かもしれないが、一人で生きるなら話は別だ。

——この秘密を守り抜けばいい。

なによりリュカスを他の女性に渡したくない。

それが幼い独占欲だとしても、焦がれた人を助けられるのならいいではないか。

頭をもたげた罪悪感を端に追いやり、サラはためらいがちに一つうなずく。

互いの真意を探るように、サラとリュカスの視線が真っ向から交わる。

相手を見つめているのか、あるいは見つめられているのか。男の瞳の中に自分がいるのを見て、自分の瞳も、同じようにリュカスを映しているのだと理解した。

瞬間、強い衝撃が身を貫いた。

血液の流れが速まり、脈動が激しくなる。

身体を巡る血潮が燃え滾《たぎ》り、どうしようもない疼きと切なさが体中を満たす。

耐えきれず、薄く開いた唇から息を漏らすと、リュカスがなにかを耐えるように目を閉ざす。

「すまない」

悔やむような声とは裏腹に、リュカスは勢いよくサラへ手を伸ばす。

奪うようにしてサラの軍服が剥がれ、次いで、荒っぽい動きでリュカスがコルセットの合わせ目を掴んだ。

「あ……」

相手の意図に気付いたサラが、弱々しい喘《あえ》ぎを発すると同時だった。

ぐいっと背骨を引っ張られるような感触がし、ぷつぷつとなにかが爆《は》ぜる音がした。

動きやすく着やすいよう、紐ではなく留め鈎《かぎ》で抑える形になっている職業婦人用コルセットは、力尽くで引っ張られれば上から順番にぷつぷつと金具が外れてしまう。

服よりあっけなく剥ぎ取られたコルセットが、床へ投げ捨てられた。

開放感に促されるままサラが深呼吸すると、薄い木綿のシュミーズを押し上げ、胸が緩やかに膨らみ揺れる。

おずおずと視線を上げれば、リュカスがサラの胸を凝視していた。

飢え、野生をあらわにした反応につられ、サラは唾を呑む。

熱と昂ぶりの入り交じった男女の吐息が、はあっ、はあっとお互いの間で繰り返される。

その間にも、リュカスの目はサラから外れない。

藍色の瞳が一段と色濃く輝き、目の縁を赤らめる男の様子に、腹の奥がじくじくした。

今までに見たこともないほど艶めき、どこか飢えた雄の眼差しに、サラの腹奥が甘く疼く。

渇いた喉は細かに震えるだけで、声を出せそうにない。

まるで狼《おおかみ》を前にした小動物のようだ。

逃げないと食べられてしまうのに、手足がまるで動かない。

食べられて、このまま相手の血肉になりたい被虐的な衝動が、理性を灼いて真っ白にする。

長く男らしい指先が顎の下を撫で、次いで首筋を手の甲で辿りながら下りていく。

ためらうようにシュミーズの端を爪でなぞり、一転して乳房をその手に包み込んだ。

「柔らかい。……そして、すごく、鼓動が速い」

感じ入った声色に、腹の奥がきゅうっと甘く引き絞られる。

浅く息を継ぐサラをそのままに、リュカスは胸を揉みしだきだす。

「んっ……ふ、ぅ……ッ、く」

持ち上げながら重みを確かめ、親指でシュミーズごと肌を擦る。

「やっ……」

やっとのことで告げるが、リュカスは聞こえなかったかのように、胸を掴む指に力を込める。

そうして、緩急をつけて揉《も》み込《こ》みながら、サラの乳房の形を思うままに変えていく。

「ふ、っ……、リュカス、様……ど、して」

媚薬の効果を鎮めるだけなら、胸に触れる必要はないはずだ。

今すぐ互いの秘部を重ねて放出したほうが、早く楽になれるのではないか。

ためらいがちに視線を送ると、リュカスは手を止め、触れるだけの口づけを額に落とす。

「サラに、できるだけ痛い思いをさせたくない。だから……少し、付き合ってくれ」

苦しげな息の合間に漏らされた懇願に、目をみはる。

(痛い、思いをさせたく……ない？)

具体的にどういうことなのかわからない。

だが、自我を失うほど追い詰められながらもサラを気遣うリュカスに、たとえようもない嬉《うれ》しさと、切ない悲しみを感じた。

(きっと媚薬のせいだ……)

サラだけを見つめ、求め、傷つけないように手順を重ねる。

自身の苦しみを二の次に、誰より何よりサラを大切にしてくれている。まるで恋人のように。

だけど本当の恋人ではない。媚薬を中和する為、他に手段がなくサラを抱くのだから。

針で刺されたような痛みが胸に宿り、苦しさから、サラは喘ぐように息を継ぐ。

幼い憧れから変化しようとしている気持ちを抑え、役目だと自分に言い聞かす。

(怯《ひる》むな。全部任せるのよ、サラ)

彼を侵す熱や燃え立つ欲情は、サラが受け止めなければ消えない。

今更無理ですと逃げるのは、あまりにも無責任だ。

ためらい、最後に覚悟を決めて、リュカスの胸板に己の手を当てる。

「リュカス様に、すべてを、お任せします……」

羞恥と不安に震えながら伝えると、彼はとびっきりの贈り物を貰った少年の笑顔で、サラの顔に口づけの雨を降らす。

「ありがとう。……誰よりも大切にする。だからサラ」

耳元に顔を寄せ、低い声で囁き、リュカスはからかうように耳朶《じだ》を甘噛みした。

「全部を、俺にくれ」

言うなり、また動きを激しくする。

先ほどの無邪気な微笑《ほほえ》みが嘘のように、彼はサラの乳房を手で弄び、耳を舌でねぶりと、あらゆる手管を持って探り、味わいだす。

濡《ぬ》れた舌が肌をなぞるごとにむず痒《がゆ》いものが身をわななかせ、男の手が肌を擦ると艶めかしい興奮が身を駆け抜ける。

「やぁ……っ、ん……」

鼻にかかった変な声を聞かれてしまうのも、情けないほど簡単に紅《あか》く染まってしまう肌を見られるのも、なにもかもが恥ずかしい。

いたたまれず涙目になるサラとは逆に、リュカスは喜色を隠さずサラの身体を貪り味わう。

「……勃《た》っている」

「え？」

舌なめずりと共に告げられ、男の視線を追った瞬間、サラは小さく悲鳴を上げていた。

隠すものなくさらけ出した双丘の中心が、薔薇色に染まりながら頭をもたげている。

淫らな光景が脳を刺激し、ぞわっと体中の毛が逆立った。

「やっ……、どう、して」

ぷくりと、熟した果実さながらに膨れ色づいた乳首の存在に、心が惑乱する。

普段は意識もしないような部位が、まるで食べてと言わんばかりに勃ちあがり、呼吸ごとにふるふると震えていた。

淫らな反応に驚く間に、リュカスはサラの身体からシュミーズを剥ぎ取ってしまう。

「っ……！」

「たまらないな」

声を掛け、そこへ意識を集中させ、リュカスは人差し指と中指で乳嘴を捕らえいじりだす。

自分のものとは違う、骨の強さや筋のハッキリした指が乳首の側面に触れた途端、激しい疼きが胸の先から全身へ広がり弾けた。

「あっ！」

未知の感覚に襲われ、一際高い嬌声《きょうせい》が口からほとばしる。

だがリュカスはまるで気にせず、その声が聞きたいのだと言わんばかりに、交互に指を動かし、尖端《せんたん》を擦りしごき立てる。

「んっ……いっ、……ッう、まっ、て……」

「待てない。待てるはずがない。……サラ、こんなに硬くして」

どこか夢うつつな口ぶりで名を重ね、リュカスはサラの身体を堪能する。

抗えない悦から逃れたくてもがくが、男の鍛え上げられた体躯《たいく》でのし掛かられていては、身を捩るだけで精いっぱいだ。

嬲《なぶ》られた両胸の実ははち切れんばかりに熟し、指を離されてもわかるほど勃ち上がっていた。

はあっ、はあっと、全力で駆けた後のように息を荒らげつつ目をやれば、リュカスが思わせぶりに口を開き、舌を差し出しながら上体を傾けていた。

「ひっ……」

淫猥《いんわい》な光景から目を反らすことも出来ず、男の舌先の動きを追う。

リュカスは色づいた尖端の真上で一度舌を留め、緊張したサラが喉をひくつかせたのと同時に、舌先でそこを弾《はじ》いた。

「あうっ……!」

指とは違う、熱とぬめりもつものに乳嘴を突かれた途端、心地よい衝撃に息が止まる。

(我慢しなきゃ、変な声をだしたり、震えたりしないようにしてないと)

これは治療だ。人助けだ。はしたなく感じるような行為とは違う。

そうは思うものの、飴玉《あめだま》でもなめるように、舌先で突き、包み、転がされては堪らない。

生み出された甘い疼きが胸から下肢へ響き、じっとするのも難しく、かかとが敷布を蹴る。

耐えかねた腹筋がひくひくと脈打つ様子に気付いたのか、歯先で乳首の根元を甘噛みしていたリュカスが、驚きと興奮をない交ぜにし問う。

「感じているのか」

すっかり敏感になった胸は、彼が言葉を発する毎に触れる息にさえも反応し震える。

「こんなこと、初めてなのに、わかる訳がありませ……ッんう！」

這々《ほうほう》の体《てい》で答えるも、言い切る前に、淫蕾がぱくりと男の口腔に含まれてしまう。

唇の弾力、軽く立てられる歯の固さ、ざらりとしながら唾液をすりつけていく舌。

一遍に様々な感覚を与えられては、初心な女体はたまらない。

時折、歯が当たり、痛みに肩が竦んだが、すぐ労《いたわ》るように舐め癒やされる。

敷布から断続的に背が浮き、サラは後頭部をベッドに押しつけながら喘ぐ。

「やっ、また……！　変えて」

敏感な部分を舌の表面で強く啜《すす》り上げていたリュカスが、気まぐれに尖端を吸い上げたのだ。

「ひ、う……んんっ！」

「サラ、そんな声で啼《な》くなんて……ああ」

どこか熱に浮かされたような口ぶりでこぼし、リュカスはサラの乳房を堪能する。

じゅるじゅるとした音が激しくなり、貪るようにして胸が吸い上げられる。

同時に、乳房に添えてあった指が、尖端をくびりだすように力を込めた。

「ひああっ、あっ、……っあ!」

めちゃくちゃに、規則もなにもなく肌を舐めていた舌は、サラの声の変化に応じて責め方を変え、より一層、甘く啼かせようと手管を尽くす。

リュカスの愛撫《あいぶ》にあったぎこちなさやためらいは時とともに消え、より深く、激しく感じさせようとあらゆる場所を探り暴く。

舌で膨らみに押し込むようにした後で、尖端を歯でくいっと引っ張る。

ちりりとした痛みに顔をしかめれば、ねぶるように噛み痕に舌を押しつけ熱で蕩かす。

身も心も翻弄する淫戯をやりすごそうと、手の甲を口に当てるがどうにもならない。

触れる手の熱が気持ちいい。指が肌を辿るのがくすぐったい。合間に舌で胸の花蕾をころがされると、もやもやとした変な気持ちに襲われる。

一つ一つならやりすごせても、同時になるともうダメだ。

呼吸を乱しながら、サラは悩ましげに身体をくねらせる。

腰のくびれから腹、へその周りと、形を探るようにして撫であやしていた手が、サラの気付かぬうちに下腹部へ移動していた。

「邪魔だ……。もっと、触れさせろ」

我を忘れだしているのか、リュカスの口調が乱れた。

急に増した野性味にどきりとしていると、幾重にも重ねられていたペチコートが奪われだす。

一枚、また一枚と床へ投げられた薄布は、白薔薇の花弁のように重なり床へ広がった。

素裸にされたサラが泡を喰っている間に、リュカスが手荒に軍服の上着を脱ぎ捨てる。

「リュカ……ッ！」

男の名を、すべて言い切ることなどできなかった。

くたりとしたシャツの胸元から、汗ばんだ男の肌が覗《のぞ》く様子に、サラはごくりと唾を呑む。

軍服の色が黒なこともあり、騎士にしては細身に見えるリュカスだが、実際は違う。

高い上背、汗ばみ艶めく肌と、呼吸毎に隆起する鍛えられた胸板。

首筋や喉仏の線が闇に浮き立つ様は凛々しく、ふとした動きで体幹に刻まれる胸筋や斜腹筋は、名工の手からなる大理石像のように滑らかで密に詰まっていた。

戦場で付いた刀傷なのか、リュカスの脇腹に一本の白い線が走り、肌が引き連れていたが、少しも彼の美しさを損なっていない。

どころか、傷つきなお倒れぬ不屈の気高さや生命力の証として、彼の存在を際立たせている。

余分な肉やまろみなど一切ない圧倒的な裸身を前に、サラは唇をわななかす。

（まるで違う。……リュカスが少年だった頃とも、私の身体とも）

誇張や見栄など一切必要としない若く猛《たけ》る雄の肉体に、頭より先に心で屈服してしまう。

禁欲的な軍服姿に慣れているせいか、リュカスの着崩れた姿は新鮮で、目のやり場に困るほど雄の色気に満ちていた。

目の前の裸身に見とれていたサラが、リュカスの視線に気付いた時だ。

「きゃっ!」

唐突に脚を掴まれ、うろたえている間に左右へ開かれる。

間を置かずして、立てた膝の間にリュカスの身体が入り込む。

リュカスはサラの脛を掴んだままぐいぐいと押し上げ、ついには、胸の横に膝が来るようにして折り畳んでしまう。

完全に秘部を剥《む》き出しにした格好に、サラの頭が真っ白になる。

燃え立つような羞恥に目を潤ませ、サラは半泣きの顔で弱音を吐く。

「やっ、……やだっ!」

あわてて膝を寄せようとするも、男の太い体躯を挟んでいてはどうにもならない。

ならばと身をよじるが、一瞬早く、リュカスはサラの膝に両手を置き、しっかりと敷布に押しつけられた。

「逃げるな、サラ。……身を任せるといって、俺を煽ったのは君だ」

拒んだことを怒っているのか、サラのはしたなさが気に入らなかったのか、いつもより急いた口調で問われ、好きな人に嫌われたくないサラの心が、必死になって首を左右に振らせる。

「でも……お願い。見ないで。恥ずかしいの……！」

ほんの少しでも、リュカスが視線を下へ向ければ見えてしまうだろう。

薄いガーゼの下穿《したば》きに透ける恥丘のまろみや繁み。

あるいは、重なる愛撫で、汗以外のとろりとしたもので秘部が濡れ始めていることを。

身を捩り逃げる間に気付いていた。

腹奥が疼く度、自分の中にある女の部分から徐々に蜜が生まれ、漏れだしていることを。

いつもは慎《つつ》ましやかに秘部を包み守るガーゼの下穿きが、ぬめる秘液を染ませ、女陰の細部がわかるほど肌に張り付いていると。

庶民は貴族よりあけすけに恋や性を語る。

だからサラも、具体的な手段は知らなくても、男に触れられそこを濡らす女が、淫らだということはわかっていた。

媚薬をやり過ごす為。そんな建前を口走りながら、淫靡《いんび》に反応していたなど知られたくない。

必死になって身を隠そうとしていると、なにかを堪えるようにリュカスが息を吐く。

「まったく、酷いことを言ってくれる。……こんなに愛らしいのに、見ないで、などと」

言うなり、リュカスはサラの膝から手を離し、肘を折って二人の距離を縮めていく。

胸板が重なるほど近い距離にもじもじしていると、首筋を熱い吐息がかすめる。

「ひあっ……！」

悲鳴を上げた時には、もうどうにもならないほど二人の上体が密着していた。

重なった素肌からリュカスの熱と匂いが立ち上り、一瞬でサラを包み込む。

馬具の手入れに使う松脂と皮革、それに生姜《しようが》の利いた、軍人らしく癖のあるリュカスの香りが鼻腔《びこう》を満たす。

幼いころから親しみ、初恋の思い出として記憶にある香りは、すぐさまサラの脳を惑わせた。

「ほら。こうしていると見えないから、恥ずかしくないだろう」

背や髪を撫でられるうちに、動転していた気持ちが徐々に収まっていく。

「だから、もう余計なことは考えるな。今は、こうして俺だけを感じていろ」

命じ、手を背から腰へと滑らせると、リュカスは爪を立ててサラの太腿の付け根をなぞる。

「あっ……ッ」

気付いた時には、男の手が秘めた部分に当てられていた。

「……濡れている、な」

違うと言わせないように、軽く指でその部分を捏《こ》ね、ぴちゃりと音を立てさせる。

「ッ……！」

完全に気が動転したサラが、呼吸すらも忘れて身を張り詰めさせた時だ。

下穿きの中に潜り込んでいた手が浮かされた。

腰の両横で布を留めていたリボンは、わずかな力であっけなく解け、萎《しお》れた蔓草《つるくさ》のように敷布へ落ち、リュカスに掴まれベッドの外へ投げられた。

緩慢な動きで布が空を舞い、寝室の床へ落ちる。

その様子を凝視していると、自分以外のものに気を向けるなと言わんばかりに、リュカスはより大胆に秘部へ指を沿わす。

身体を強ばらせているサラを気遣うように、指が閉じた秘裂の上を優しく擦りだした。

大丈夫、酷いことはしない。怖がらなくてもいい。そう告げるように往復していた指は、サラが警戒を解き、息を漏らした瞬間、素早く動く。

ぴったりと合わさる左右の肉丘が、みだりがましい音をたててくつろげられた。

露骨でいやらしさを煽る水音に、サラは目が熱く潤みだすのを感じる。

はしたない反応と顔を見られる屈辱に耐えかね、サラは両手で顔を覆ってしまう。

すると、リュカスが、こら、と笑いながら不満をこぼす。

「どうしてそんなに恥ずかしがる」

「ごっ、ごめんなさい。……こんな、反応をして」

媚薬を中和するための行為と必死に自分へ言い聞かせているのに、サラの意図とは関係なしに、身体が淫らなことをする。

受け入れられず、いやいやと小さく頭を振っていると、リュカスが喉で笑いだす。

「……馬鹿だな。俺は嬉しいのに」

「嬉し、い？」

「求めている女が、俺の手で感じてくれているんだ」

喜色を隠さぬ声に、胸がきゅっと甘酸っぱく疼く。

どうしてそれが嬉しいのかわからない。それとも、発情していれば男はみな、抱く女を愛《いと》しいと思うのだろうか。

(私も、感じたい)

ぽつりと胸奥に灯《とも》った衝動を頼りに、サラはおずおずと手を伸ばす。

リュカスがサラを抱こうとしているのは、媚薬を中和するため。手近で安全な女がたまたまそこにいて、身を捧げてくれるから。間違っても、恋情や好意が理由ではない。

だが、今だけは唯一の女だという風に求め、奪われたい。

(今、逃げたら、きっと二度はない)

成就しないまま、いずれ忘れなければならない初めての恋。

——だからこそ、今夜だけ、心の底から焦がれる男を感じきりたい。

(これが、一夜限りの夢ならば)

自分を感じ、知り尽くそうとする男の首筋に抱きすがる。

「……サラ？」

怪訝《けげん》な声で名を呼ばれるが、サラはリュカスの首筋に顔を埋めたまま答えない。

感じて、感じさせたいという衝動は強いが、それで羞恥が消える訳ではないのだ。

必死で男の背に手を回し、震える指で背筋や肩甲骨を辿り、身をすり寄せる。

いじましいほど拙い愛撫は、男の欲望をひどくそそるものだと知らずに。

「っ、そ……、暴発しそうだ」

リュカスは眠りから覚めた肉食獣の仕草で頭を振り、片腕でサラを抱きながら、秘部に忍ばせていた手を動かしはじめる。

可憐《かれん》な秘裂に指を這《は》わせ、じっとりと漏れてくる蜜を掬《すく》っては塗りつける。

薄く合わさる陰唇を指で撫で、揉み込み、時折、軽く叩いては水音で具合を確かめる。

壊さないように気遣いながら形を探っていた指は、やがて割れ目の間で充血し始めていた秘芯の上に辿《たど》り着《つ》く。

包皮ごと押し捏ねられた瞬間、今までと比べものにならない愉悦が身体を走り抜けた。

「ンあっ……!」

反射的に声を上げ、背を反らす。

激しいサラの反応に手を止めたリュカスは、それが痛みではないと察知するや否や、そこばかりを責め立てた。

「ひっ……ぃ、っ……っ、あ、ああっ、あ!」

引《ひ》き攣《つ》った足の指が敷布を掴み丸まるが、激しい快楽の前では無力だ。

甘い痺れに翻弄され、手足が溶けて消えてしまいそうなほど気怠い。

リュカスの指が触れる淫蕾の疼きは強まる一方で、神経が剥き出しになったかのよう。

切なさが込み上げ、胸が妖しくかき乱されていく。

感覚に慣れようにも、指先に込められる力の変化や動きで、感じ方が大きく変わる。

もう耐えられない。このままでは壊れてしまいそうだ。

激しい快感にのたうち、淫らな声をひっきりなしに上げつつ思うも、腕は男を突き放すどころか、よりきつく縋《すが》るばかり。

腰を揺すり、頭を振りしだき、奔放に声を放つ。

陰唇への愛撫に呼応して秘孔がひくひくと痙攣《けいれん》し、中に含む愛蜜がとめどなく溢れた。

甘酸っぱい雌の匂いがそこら中に立ちこめ、沸き立つ欲望となってすべてを呑《の》み込《こ》んでいく。

爛《ただ》れ、濡れそぼった襞《ひだ》を割って、硬く長い男の指が差し込まれだす。

「ンンっ、っうっ……!」

異物感に眉を寄せるが、サラと同じく本能の虜《とりこ》となっているリュカスは気付けない。

熱く蕩けた内部を確かめながら二、三度、浅い部分で指を往復させると、一転して根元まで差し込み、充溢《じゅういつ》した襞を押し捏ねながら内部を激しく攪拌《かくはん》しだす。

ぐちゅっ、ずちゅっとあられもない濡れ音が耳を犯す。

内側から秘筒を掻《か》き回される違和感は、いつしか甘い責め苦に変わり、サラは指の動きに合わせて、切なく喘ぎ啼く。

「ああっ、あ、ん……あんっ、あっ」

音に合わせているのか、指に合わせているのか。

どちらともつかぬ様相のまま、蠢く感触に腰を揺らす。

硬く締め付けるだけだった蜜窟は、執拗《しつよう》な淫戯によってほぐれ、触られることを待ち望むように収縮し、指先をもっと奥へと誘いうねる。

「駄目だ。もう、待てない……サラ！」

切羽詰まった声を上げ、リュカスは狂暴なまでに膨らんだ亀頭を秘裂へ当てる。

襞が引き延ばされる感覚の後、鋭い痛みが下肢を襲った。

身を裂かれる怖さから腰を引くが、すぐに掴まれ乱暴に戻される。

ぶちゅりと葡萄《ぶどう》を叩《たた》き潰《つぶ》すに似た音がし、頭の中で閃光《せんこう》が弾けた。

限界まで引き延ばされた蜜口をくぐり、一番大きな先端部分が内部に含まれる。

「ああああっ……！」

背を弓なりにし、喉を限界までそらし、がくがくと身体を震わせながら、サラはのたうつ。

痛みを耐えようと閉ざした目からは、次から次に破瓜《はか》の涙がこぼれ落ち、衝撃に息が止まる。

「痛いか、サラ、すまない。大切にするから。いや、大切な俺の……！」

リュカスが痛ましげな顔で呻くが、なにを訴えているのかわからない。

ただ、身体を貫く熱と異質感だけが苦しく、サラは無我夢中でリュカスの肌に爪を立てる。

「サラ……、赦《ゆる》せ！」

ここで引けば余計に辛いと悟ったか、リュカスはサラの腰をきつく掴み、一息に雄を沈める。

ずるりと長大なものが胎内を侵食し、音がなるほど激しく互いの腰が合わさった。

指より遙かに大きなものを咥えた秘孔が、悲鳴を上げるように、ぎゅうと屹立《きつりつ》を締め付ける。

「っ、く……あ」

リュカスは苦しげに喉を鳴らし、きしむほど奥歯を食いしばり抽挿の誘惑に耐えていた。

永遠に続くかと思えた痛みは、けれどそう長く続かず、身を苦しめた破瓜の衝撃も、亀頭が最奥地へ擦り付けられるごとに、妖しい愉悦に変化した。

吐精の衝動を耐え、反動で腰を震わせていたリュカスは、サラの呼吸が落ち着いたのを見て、目尻に溜まる涙へ唇を寄せる。

「……かせない」

リュカスの震える唇がかすかに告げる。

「もう、どこにも、行かせない。俺の…………だ、サラ」

呼吸が荒れていたので、部分部分が聞き取りがたかったが、気にはならなかった。

(離れたくない。このまま永遠に繋《つな》がっていたい)

口に出せない本音の代わりに、サラはリュカスの身体にしがみつく。

「っ、く……！　サラ、煽るな。でないと抑制できなくな」

いいつのるリュカスの唇を奪い、自分がされたように舌を差し込み、彼の口腔を舐《な》め回す。

遠慮なんかして欲しくなかった。抑制なんて単語は聞きたくなかった。

――奪って、乱して、滅茶苦茶に壊して。

今夜で世界が滅びてしまえば、今夜でサラが砕けてしまえば、リュカスと一つになれた思い出だけが残るのだから。

唾液が溢れても舌を抜かず、ひたむきに行為でねだる。

痛みや嘔吐《えづ》きそうな圧迫感を堪え、腰を揺らす。

前戯の段階で力を使い果たしたサラだ。リュカスのように大胆には動けない。

それでも、もっと奥に、もっと近くに彼が欲しくて無茶をする。

けなげでひたむきな女の痴態に、冷静で居られる男は少ない。

まして、媚薬で劣情が昂ぶっているならなおのこと。

唇を解いたリュカスは、きつく目を閉じ、苦悩に顔を歪めた。

「辛いことはしたくなかった。苦しませたくもなかった。……叶《かな》うなら、破瓜の痛みすら許したくなかった」

遠い処で続く懺悔《ざんげ》に、訳もわからず、うん、うん、とうなずく。

――言わなくても、わかっています。リュカス様が私を大切にしてくれたことは。

惚《ほ》れている訳でもないのに、まるで恋人のように見て、扱ってくれた。

感じさせず、欲だけ出したいだろうに、サラの為に時間を使い愛撫した。

震える指でリュカスの前髪を払い、眉間による皺《しわ》に唇を寄せ、サラは微笑む。

(好きです、リュカス様)

言葉にできない気持ちをすべて込めて、彼の背中に手を回す。

リュカスから抱かれる夜なんて二度とこない。だから今夜だけ。すべては今宵《こよい》一度きり。

明日には夢としてすべて封じると誓いつつ、サラはリュカスの頭を胸にかき抱く。

リュカスは恐ろしいほど真剣な顔になってサラの手を取り、指を絡めながら身を起こす。

「悦すぎて、頭がおかしくなりそうだ……！」

雄叫《おたけ》びのような声を上げ、リュカスが大きく腰を引く。

「あっ……、ああっ！」

絡みつく淫襞をこそぐようにしてギリギリまで剛直を抜き、一転して、根元まで含ませる。

激しく、力強く、身体のすべてをつかってサラを揺さぶりながら、リュカスは己の獣性を解放し、衝動のままに突き上げる。

「んぅっ……、ッは、もう駄目っ、だめぇ」

吸い付く肉襞をあますところなく刺激し、奥処を尖端で押し捏ねられるたびに、サラの口から嬌声が溢れる。

艶声で煽られたのか、リュカスの動きが激しくなる。

交合する部分の肌が打ち合わされ、弾けるような音を立てて鳴り続けた。

処女の身体は不慣れで、上手く快感を拾うことはできなかったが、それでも恋する男を独占する幸福が絶頂へ向かってサラを押し上げる。

互いに求めすぎる身体が密着し、肌が敏感な蕾を擦り上げ出すと、もうなし崩しだった。

サラ、サラと、壊れたオルゴールのように名を繰り返しては、求め腰を振るリュカスが与える快楽に、全身を痙攣させせながら耐える。

吐精の衝動に滾る欲望は昂ぶりを増し、求め下りてきた子宮口を激しく穿《うが》つ。

強すぎる愉悦に、サラの身体は無意識に逃げを打とうとする。

しかしリュカスはそれを許さず、腰の動きと勢いだけでサラの抵抗を制しきり、深く、素早い抽挿を繰り返す。

「ひあっ……、う！　あああああっ、やぁ、止めてぇ、おかしく、な、るぅ……！」

今までとは全く種類の違う、悦に堕《お》ちきった女の媚声に、リュカスはより高くサラの腰を掲げ、上から打ち込むようにして体重をかけきる。

「無理だ、止まらない……！」

がつがつと激しく突かれ、膨らみしこった肉の輪を押し込まれた途端、激しい愉悦に腰を灼かれ、サラの身体が突如淫らに変化する。

リュカスの指が触れている場所が甘く痺れ、肌が合わさる部分がねっとりと疼く。

毛穴が完全に開き、男の吐息に産毛が揺れるのにも感じた。

なにが起こったのかわからず喘ぎ、くねると、これだと言いたげに、子宮口を丹念に押し揺さぶられる。

「っ……ぁ……！」

声も出ないほど感じきった瞬間、ぶしゅっと奥処から淫蜜がほとばしるのを感じた。

世界を消し去るほど強烈な雷が爪先から脳髄まで走り抜け、細く長い悲鳴を上げながら、サラは絶頂に屈服した。

身悶《みもだ》え、腰を突き出し、手足を痙攣させるほどの快感に、膣道がきつく収縮し、男の屹立にむしゃぶりついては、うねり、吐精を促す。

「もっとだ、サラ……！　なにもかも、俺に寄越《よこ》せ」

複雑な締め付けに、リュカスは荒々しく吠《ほ》え、限界まで剛直をねじ込んだ。

男の背がしなやかに反《そ》り、ぶるっと胴が震える。

張り詰めた静寂が寝室を支配し、次の瞬間、逆流し、結合部から滴り落ちるほど大量の白濁がサラの胎内へ注ぎ込まれた。

際限なく続く吐精に痙攣していたサラは、艶めかしい姿態をベッドに投げ出す。

「っ、は……！　あ、くそっ……まだ、おさまらな、いッ」

リュカスは彼女の腰を掴んだまま、恍惚《こうこつ》の息をこぼし、男根の先端から溢れた最後の精を、捕らえたばかりの女の子宮口に、ぬるりと淫らに塗りつける。

「……も、おわ、り?」

這々の体で、媚薬の熱が治まったかを尋ねるが、答えなど聞くまでもない

含まされたままの雄は未《いま》だ力を失わず、サラの内部で昂ぶったまま脈打っているのだ。

意識せずにはいられない違和感から、まだ充分な硬度も保たれている気がする。

(ええ……と?)

気怠さと荒れた息を堪えながら、そろそろと上向く。

リュカスは、目をすがめ唇を噛んだまま、なにかを耐えていた。

「リュ、カ……」

大丈夫なのか、媚薬が変に作用して苦しくなったのかと焦り、彼の頬に指を触れさせた途端、びくりと男の身体が大きく震え、サラの腰が強引に引き寄せられる。

「あうっ……ッ!」

収まりかけていた官能に一瞬で火が付き、背骨が痛むほど反り返る。

苦しさより、身を震わす愉悦に気が遠くなった。

少しだけ休ませてと言おうとした声は、間断なく突き揺さぶられる快感に散らされてしまう。

「ンンぅっ、ッ、あ……は、あ……ああっ、も、駄目! だめぇ、やあぁら」

「は、……サラ、ッ、……サラ！」

忘我に囚われているのか、リュカスはしゃにむに腰を振りたくり、サラの抵抗や懇願も構わず、濁流じみた欲望で肉体を求め続ける。

何度も舌足らずとなった声で喘ぎ、達し、喜悦の涙をこぼすサラは、己の中で蠢く屹立が徐々に馴染《なじ》み、蕩け、血肉に溶けていくような感覚の中――意識を失っていた。

第三章　堅物騎士団長の一途《いちず》な事情

夜明けを知らせる教会の鐘が、海からの霧に乗って王宮へ届く。

束の間《つかま》まどろんでいたリュカスは、音と気温の変化に反応して目覚めだす。

（ここは……？）

とても頭が重い。

まるで無理矢理酒を飲まされた後のようだ。感覚があやふやで定まらない。

ただ、とても柔らかで、心地よいものを腕に抱いていることだけはわかる。

——それは暖かく、滑らかな手触りをした、とても愛おしいもの。

ほのかに漂う、春の日だまりに似た優しい香りに、ああ、と気付く。

（サラが普段使いにしている香油の——ミモザの香りか）

途端、記憶の中が、黄色い綿毛のようなものでいっぱいになる。ミモザの木だ。

春になると枝葉を隠すほどたわわに花開き、そよ風に乗って雪のようにふわふわと散る。

明るい季節の到来を告げるミモザは、この国の民に愛されており、澄み渡る春空にカナリア色の房花を揺らす姿は、息を呑むほど美しい。

薔薇や百合ほど主張が強くない、だが、馴染むにつれ魅力を増す甘い香りは、控えめでありながらも芯の強い、幼なじみの少女によく似合う。

(見た目は、ミモザというより苺だが)

思い出し笑いで鼻を鳴らす。

すると、腕の中にある温《ぬく》もりが身じろぎし、毛布から、さあっと鮮やかな紅が溢れた。

色も艶も熟し始めの苺にそっくりだなと思った瞬間、リュカスはぎくりとして息を詰める。

そろそろと視線を下に向ければ、リュカスの胸板に頬を寄せて、一人の女が眠っていた。

「サ……、ッ!」

寸手の処で声を呑み、腕の中の女に目を凝らす。

間違いない。サラだ。そう認識した途端、心臓がありえぬ激しさで早鐘を打つ。

(サラ……、サラだと?)

幼年時代を共に過ごした娘を認め、気が動転する。

(どうして、彼女が俺の腕の中に)

そっと眉を寄せ、リュカスは腕の中で眠る女――サラを観察する。

しどけない姿のまま、彼女は安心しきった様子で、リュカスに身を委ね眠っている。

起こさないようにしながら、昨晩のことを思い出す。

（そうか。媚薬を盛られ、逃げてきた処にサラが……）

細く息を吐き、女の熱と重みに意識を懲らしていると、記憶がじわじわ戻ってくる。

「なんで、こんなことになってしまったのだか……」

昨晩の出来事にリュカスは嘆息する。

三ヶ月ぶりに遠征地から帰還し、いつも通り王宮へ直行し、国王の御前で詳細を報告した。

その後、祝宴が手配されるのは恒例行事だ。

リュカス当人としては、宴より休暇が欲しかったが、遠征の主役であった以上断れない。

仕方なく出席し――知らぬうちに媚薬を盛られた。

入れ替わり立ち替わり人々が押し寄せ、遠征での手柄話をせがまれる中、断り切れぬまま乾杯を強いられた。

王の信任厚き騎士団長といえ、まだ爵位を持たぬリュカスは、王宮においては貴族の下。

老公爵や高位文官、あるいはその娘らから勝利を祝われれば、返礼せざるを得ない。

そうして重ねた杯のどれかに、媚薬が混ぜられていたのだろう。

（すぐ特定するのは難しいか……。例の絡みもあるしな）

くうくうとかわいらしい寝息をたてて眠るサラを見つめつつ、リュカスは己の甘さを悔やむ。

海賊討伐の名目で、三ヶ月かけてブリトン王国の沿岸を回ったリュカスだが、それとは別の極秘任務が下されていた。

大陸から密輸される妖しげな薬――麻薬や媚薬の調査だ。

ここのところ急速に、王都の若手貴族の間で麻薬と媚薬の利用が増えていた。

原料となる阿片《あへん》は、医療用の鎮痛や鎮静の薬として、ほんの少量しか輸入も使用も許可されていないのにだ。

どこから入手し、どうやって流通させているのか謎だったが、王都のテニスン河で溺死したある放蕩《ほうとう》貴族の遺体から手がかりが出た。

――銀ケースに入った紙巻き煙草だ。

ケースも煙草も、それ自体は珍しくない。貴族男子なら嗜《たしな》んでいるのは普通とも言える。

だが、煙草の葉を巻く紙にある文字が、ブリトン王国とはまったく親交のない異国のものとなれば話は別だ。

騎士団長として、たまたま事件処理を担当したリュカスは、引っかかるものを感じ、証拠の紙巻き煙草を分析検査に回した。

間を置かずして、煙草の葉に乾燥させた阿片の葉――麻薬が混ぜられており、配分や品の形状から、敵国のものと類似することが報告され、王の了解を得て調査していたのだが。

(まさか王宮で、媚薬を盛られることになるとはな)

疑わしいとされている貴族は、例外なく娼館や賭博場に足を運んでいた。

だからやりとりされているのも、そういった裏社会と見なされる場所だろうと考えられており、調査も盛り場中心に進んでいたが。

（王宮に持ち込んだ者がいるのか。あるいは、王宮で取り引きがされていると……馬鹿な）

ありえない、と否定しかけ、いや――と顔をしかめる。

帰還した時の港の騒ぎが頭を過る。

毒や麻薬なら対象を絞れるが、盛られたのは媚薬だ。

ほんの好奇心や、出来心で手を出した者がいてもおかしくはない。

とくに女性は、恋の秘薬だのおまじないだのに興味が強い傾向にある。

リュカスの妻の座を狙って、あるいは、別の誰かと間違えて――というのは充分にある。

（対象を絞るのは難しい。動機だって誰にでも当てはまる）

上流社会の子女は、誰と結婚するかで人生の善し悪《よ あ》しが決まってしまう。

若き騎士団長。しかも近々叙爵が予定されている相手となれば、結婚市場での価値は高い。

平民出身ではあるが、リュカスが前途有望であることは、誰もが認めている。

好色な老人の後妻や、金で爵位を買おうとする富豪に嫁がされるよりはと、媚薬に頼り、強引に既成事実を仕立て上げ、リュカスに責任を取らせようとしたのかもしれない。

身体の異変に気付き宴を離れたが、あのまま会場にいたらと思うと、ぞっとする。

そもそもリュカスは、サラ以外の女を、恋愛対象どころか性欲の対象として見たことがない。

礼儀として笑顔を見せ、親切にするが、それ以上の私的な交流は躱《かわ》すようにしている。

身を縛るごたごたが片付き次第、サラに求婚すると決心していたからだ。

表面上は距離を置き、知り合いの一人として接していたが、それは自分を追いかけ回す女達が、サラへ悪意の矛先を向けぬよう、慎重に行動していただけにすぎない。

リュカスがサラを好きなのだと知られれば、サラに余計な苦労や面倒をかけることになる。

ある事情から、リュカスは積極的にサラを助けることができないのだ。

(だから、密かに囲い込んだ)

ただの幼なじみと偽り距離を置く一方で、年上の同僚――マーキスに頼んで、自分の目の届く範囲でサラが働くように仕組んだ。

サラに言い寄ろうとする男を見つければ片っ端から威嚇し、彼女が仕事で遅くなる夜は、王都警備の私的な視察と称し、隠れて護衛する。

必死すぎる――端から見れば、怪しすぎる――配慮に、騎士団の幹部や国王までもが呆れ、協力してくれるほど、リュカスは彼女を大切にしていた。

そこまでしても、遠征中だけはどうにもならない。

王都に残る後方支援の騎士や事務官たちに、サラを守ってくれと頼むのがせいぜい。

自分が側に居られない間に、彼女が別の誰かのものになることに比べれば、敵の騎士や盗賊など、大した障害でも悩みでもなかった。

サラを心配するあまり、手早く始末し王都へ帰還しようとした結果、勝利を重ね、いつのまにか地位や名誉が付いてきた。

自分が望むのは、彼女が不幸にならないだけの収入と、二人で暮らす居心地のいい家。それに、互いに似た子どもぐらいなのに。

いっそ好きと言えばいい。サラだってまんざらでもない。

そんな風に周囲から急かされもしたが、言えるものなら、ここまで悩みはしない。

（あの問題が片付かない限り、好きだというそぶりすら見せられない。でないと巻き込む）

母のように、あの秘密が理由で、大切な誰かが犠牲になったり、苦労したりするのは見たくない。

サラが大切な人だと敵に悟られぬよう、あえて距離を置いていたのに。

（よりによって媚薬に煽られ、一時の衝動で抱き潰してしまうだなんて）

胸を荒らす感情を抑えきれず、リュカスは大きく息を吐く。

「こんなはずでは、なかった」

悔やみきれない思いから、つい声にしてしまう。

やくたいもないしがらみに蹴りをつけ、地位を安泰とする爵位の目処《めど》も立ち、やっと状況が整った。

サラに自分の気持ちを伝えようと、遠征中は暇さえあれば計画を練っていた。

やはり年越しの王宮大舞踏会か、いや、避暑ついでに湖水地方まで足を伸ばし、絵のように美しい風景の中、跪《ひざまず》いて愛を乞うか。

そんな楽しい妄想を、告白、結婚、初夜と重ね、ああでもない、こうでもないと考え、サラにとって最高に素敵で、印象的で、忘れられない思い出にしようと考えていたのに——。

「よりによって媚薬か。……上手くいかないものだな。最悪にも程がある」

大切に守り抜いてきた女を、媚薬に煽られた情動で抱くなんて。

遠征地で捉えた下っ端の海賊から、媚薬の症状は聞いていた。

男であれ女であれ、極端に性欲を増幅させ、精神を昂ぶらせる薬だと。

女はわずかな刺激で恍惚に達し、男は吐精に限りがない。

解毒するには、性の交わりで生じる体液が必要で、それも一滴や二滴では効き目がない。

数時間、長くても一両日中に解毒しなければ、昂ぶりすぎた心臓が発作を起こし、死ぬか、欲に耐えかねて理性が崩壊し、性の亡者となると言う。

麻薬よりよほど質が悪い作用だ。女を抱かなければ、自我を失うか死ぬかだなんて。

元は、後宮に千人の女を侍《はべ》らせるアナトリア皇族の秘宝で、狙った女を孕《はら》ませる為に使うと聞いたが、まったくろくなものではない。

だが、身に現れた効果は本物だった。

媚薬を仕込んだ者の手からなる追跡を躱し、己の執務室へ隠れた途端、女が現れ、こちらが罠かと気が焦った。

先手を打って捕らえてみれば、それは、手を伸ばすことを禁じ続けた女――サラだった。

彼女を巻き込めないと思い、突き放す態度を取った。

遠ざけるため、偽悪的なそぶりで、〝肉体を提供できる女が要る。それはお前ではない〟とさえ言ったのに、サラは一向に怯まず、どころかリュカスの助けになると言う。

――もう我慢の限界だった。

長年の片恋相手が、自ら捧げると申し出たのだ。媚薬がなくても手を出したに決まっている。

貪るように唇を奪い、女の肉体を探ることに夢中となった。

自分の指に反応し朱に染まる肌は美しく、自分だけがこの姿を知っているのだという高揚感は、あっさりとリュカスの理性を突き崩した。

(俺の手で、女の顔をして喘ぐのを見て、我慢できるはずがないだろう)

突き入れた時にサラが見せた、苦痛と淫らさの入り交じった表情や、蕩けうねる花筒の感触が一瞬で思い出され、リュカスの腰がぞくっと震え疼いた。

(……駄目だ。意識がないサラと、また繋がりたいなどと)

覚えたては猿のようになるだとか、病みつきになるほど気持ちいいだとか、同年代の騎士団員たちが語るのを、話半分の与太《よた》だの、虚栄心で大げさに言っていると思い込んでいたが、まったく嘘ではなかった。

一度ではまるで治まらず、腕の中の女体に溺れては、意識の有無などおかまいなしに子宮を白濁で穢《けが》し、性の歓びに浸りきった今だからわかる。

（三度は放った。否、それ以上に回を重ねた気もする）

最後の方はどう動いたかなどまるでわからず、頭の中がサラの仕草や反応だけで埋め尽くされ、肉体が繋がる気持ちよさに身を委ね、ただ本能で腰を動かしていた。

気がつけば自分も意識を飛ばしており、教会の鐘でやっと起きたというところだ。

娼館へ向かう部下に、『ほどほどにしろ』などと済ました顔で忠告していたのを、反省する。

他のことなど考えたくない。ただサラのことだけ考えていたい。

サラを腕に抱いて、この部屋にずっと籠もっていたい。いっそベッドからも出たくない。

目覚めれば肌を重ね、疲れれば眠る日々を重ねたい。お互いがどろどろに溶けて区別がつかなくなるまで。

そんなことを考えながら、腕の中で眠るサラを見つめる。

すんなりしたうなじ、細くまろみを帯びた肩。

わずかに明るくなった早朝の寝室で、女の肌は一層と白く――真珠のように輝いていた。

昨晩、もとい数時間前まで、艶めかしいほど鮮やかな朱に染まっていたのが嘘のようだ。

そのうち、すべてが夢だった気がしてきて、つい、指先でサラに触れてしまう。

途端、子兎《こうさぎ》のように丸くなって眠っていた女が、んんっ、と声を上げ身じろいだ。

「サラ……」

そっと名を呼ぶが、目を開けようとはしない。

くすぐったさに対する生理的な反応をしただけで、意識は眠りの中なのだろう。

「無理もないか。ずいぶん酷い抱き方をしたからな」

騎士として戦場で剣を振るい、長い行軍にも耐えるリュカスでさえ気怠いのだ。

箱入り娘として育てられたサラは、もっと疲れているだろう。

(始まりはどうあれ、大切にしたい気持ちに間違いはない……が)

——今更、好きだったといっても信じてもらえないだろう。

媚薬の勢いで抱いた男から、翌朝、唐突に好きだったと告白されても、普通は困惑する。

サラを困らせたい訳じゃない。だが、深い仲になった今、彼女と離れることも考えられない。

(昨晩の既成事実を理由に結婚する。……まずは、サラとちゃんとした関係になる。愛を伝え、信頼を得るために、生涯をかけてもかまわないのだから)

形からはじめて、愛を築くのは難しいだろうが、自分はサラを諦める気がない。

どころか、彼女の為に生きる未来が待ち遠しくすらある。

(一刻も早く、国王に面会しなくては。三週間も待ってられない。今すぐサラと結婚したい)

結婚するには、教会で三週間の告知期間を設けなければならない。

だが特別結婚許可状があれば別だ。それを得るには、発行する権利を持つ者——すなわち国王の許可がいる。

手早く身を整え、王の居室へ向かおうとしていたリュカスは、ふと足を止める。

サラの呼吸がわずかに乱れた気がしたのだ。

「目覚めたのか」

急ごうとする足を留め再びベッドへ近づくと、毛布に包まれたままサラが身じろぎした。

顔をのぞき込んだが、彼女はわずかに眉間を寄せたまま顔を枕へ押しつけている。

「サラ?」

しばらく横顔を見つめ続けて待つが、反応はない。

(やはり、疲れているのだろうな。……女は初めての時、負担が大きいとも言うし)

無理に起こして混乱させたくないし、寝起きに謝罪や今後を相談しても伝わりにくいだろう。

それに、どうせ結婚を願うなら、すべての問題を綺麗にしてからのほうがいい。

(余計な不安を抱かせて拒絶されたのでは、元も子もない)

決心したリュカスは、名残惜しさを感じながらサラの寝顔を見つめる。

額から頬に落ちかかる髪を指で払ってやり、こめかみに唇を押し当ててみるが、やはり目は開かず、そうするうちに空の色はますます明るくなる。

(今はそっとしておいてやろう。だが、逃す気はないぞ)

強引だろうが、なし崩しだろうが、必ず自分の妻とする。――そう誓いながら、リュカスは部屋を出て行った。

こめかみに触れていた唇が離れ、夜明け前の空気が肌を冷たくしていく。

さっきまで側にあったぬくもりが、部屋を去るのを知りながら、サラは枕へ向かって必死に顔を押し当てていた。

◇◆◇

ばくばくと心臓が激しく波打っている。

リュカスと身体を交えていた時とは違い、酷く気分が悪くなる鼓動だ。

男の足音が遠ざかっていくのを確かめ、サラは身体を仰向けに変えて身悶える。

「どっ……どうしよう……」

両手で顔を覆って、毛布の中で足をばたつかせる。落ち着いてなんていられない。

「しちゃった。リュカス様と……!」

夜が明け、辺りが明るくなるに従って、身体を翻弄した疼きは眠気に取って代わられた。

男の声で目が覚め、とろとろしている中、サラは昨晩の騒動を思い出してしまう。

(媚薬、は、抜けたのかな)

また襲われて、朝から抱き潰されても困るので、わざと寝たふりをしていたが、どうやら問題ないようだ。

男が抜けた後の隙間に空気が入り込み、サラの体温が奪われる。

ぞくりとして両腕を抱き——そこで、先ほどまで、自分を大切そうに抱いていた、違う腕を、リュカスの肉体を思い出す。

触れる肌の滑らかさと熱や、力強く心地よい心臓の音が、わあっと意識を埋め尽くす。

ぬくもりと愛しさに頬を緩めたのも一瞬、艶《なま》めかしく交わり合ったことまで思い出し、サラは声を詰まらせる。

「わ、私ッ……」

途方もない恥ずかしさと、いたたまれなさが湧き上がって来た。

昨晩は異常事態だったので、深く考えず、ただリュカスを助けなければと言う思いだけで動いたが、とんでもないことをしてしまったと思う。

——恋愛関係にない、結婚の約束もない男性に身を捧げるだけでなく、己がわからなくなるほど感じ、達し続けたなんて。

どうしよう、どうしようと繰り返しながら右に左に寝返りを打つ。

その度に、敷布から漂うリュカスの残り香やら、床に脱ぎ捨てられたままの下着やらに目が行き、混乱が増す。

苦しげな彼を助けたかったとはいえ、とんでもないことを口走ってしまった。

(媚薬を中和する為に、身を捧げる相手になるだなんて……!)

いつものサラであれば、絶対に口に出さない、大胆で衝動的な言葉だ。

だが、リュカスは随分、切羽詰まっていた。

彼らしくない荒い物言いでサラを追い払おうとしたり、苦しげに顔を歪めたり。

とてもではないが、見捨てて逃げるなどできなかった。

まして、初恋相手であり、思慕をひきずったままうだうだと憧れていた男なら尚更《なおさら》。

少しでも力になれればと願い、そして返ってきたのは、熱情に溢れた接吻と、逃れることを許さない抱擁、そして——めくるめく性の官能だった。

触れた肌の感触や、乱れていく息づかいなどが脳裏をよぎり、叫び出したくなる。

あわてて腹と喉に力を込め、声を抑えこもうとするが、今度は撚《よ》り合わせた足の間から、どろっとしたものが溢れ、ぎょっとする。

「ッ……!」

衝動のままに飛び起きれば、秘部にちくりとした痛みが走り、違和感が腰を疼かせた。

夢ではありえない生々しさに震える身を抱けば、腕に挟まれた乳房に、紅い鬱血がいくつか残されているのを目にしてしまう。

「こっ、こんなの……いつのまに! どうやって!」

肌を舐め、吸われた気がするが、それでこんなに赤くなるものだろうか。

羞恥の限界を超えたサラは、背中から寝台へ倒れ込む。

「け、消すか……隠すかしなきゃ……！」

くらくらと目眩《めまい》がする頭に手をやり、これからのことを考えようとするも、ふとした拍子に、肉体が打ち合わされる破裂音や、彼の雄根が胎内を行き来する感触が甦り、邪魔をする。

どう取り繕えばいいのか、まったく思考がまとまらない。

(取りあえず、なにをどうすればいいの)

身体を許し、交わり合ったが、その翌朝のことなんて、まるで考えていない。

これが初夜だったならば、沐浴《もくよく》をして、二人で朝食を取り、睦《むつ》まじく身体を休め——と想像もつくが、ここは新婚夫婦の家ではなく騎士団長執務室の一角だ。

「ふ、服は着てもいいはずよね……？」

ベッドから足を出し、爪先でそろりと絨毯を踏む。

堂々と着替えればいいのだが、後ろめたくて、つい気配を殺してしまう。

めくれていたシーツを巻き付け、半分引きずるようにしつつ服を探す。

リュカスが身支度するときに一緒に片付けてくれたのか、軍服やブーツは丁寧に整えられ、ベッドの側にあるチェスト周辺に置かれていた。

衣擦《きぬず》れの音にさえびくつきながら、サラは服を身に付ける。

窓の外はまだ少し薄暗かったが、ここは王宮だ。朝食の準備や警備などで、早くから働いている者もいる。

身支度を調えて置かなければ、あられもない姿を見られる事になる。

しかも、部屋の主で、事情を説明できるリュカスはこの場にいない。

幸い、軍服は一人で身に付けられるように作られている。ドレスと違って、着替えに時間はかからないだろう。

サラは手早く、下着からペチコートと順番に取って身に付けていく。

肌が覆われ、昨晩の名残が見えなくなるにつれ、少しずつ頭も働くようになってきた。

あとはブーツを履くだけとなった頃だ。執務室側から強めのノックが聞こえ、飛び上がる。

息を詰め、耳を澄ませていると、廊下側の扉がガチャガチャと鳴っていた。

（えっ……！　リュカス様、鍵を掛けて行かれたの？）

ほっと胸を撫《な》で下ろすも、彼の部下なら鍵を持っている可能性もある。

サラは用心深く仮眠室から顔を覗かせ、廊下の様子を窺いだす。

「あれ？　団長、いないな」

「そりゃそうだろう。帰還した上に宴の翌日だ。自分の屋敷に戻って寝ているさ」

「でも、気になるだろ。昨晩、リュカス団長のところから女の声がしたとかどうとか」

心臓が破裂しそうなほど驚き、サラはきびすを返し、寝室の扉に背を預ける。

「ないない。あの堅物団長だぞ」

笑いながら返す騎士の声に、冷や汗が落ちる。

（すみません……。ありました。私です）

両手で顔を覆ったましゃがみ込む。

赤くなっていいのか、青くなっていいのかわからない。

ひぃーと訳のわからない叫びを心中で上げていると、扉の前にいた騎士たちが、雑談しているのが聞こえてくる。

「きっと掃除担当の侍女が、団長の脱いだシャツとか見つけて、歓喜の声を上げたんだろ」

「だよなあ。夜中に女の声とか……。幽霊話でもあるまいし」

「もうすぐ警備交代で、各小隊長が報告書を提出に来るから、そいつらに聞いて見りゃいいか」

「それもそうだ。ああ、そう言えばさ、昨晩、ここらへんでコンウォール公爵の従僕を見たって話が……」

騎士達の足音が遠のくが、サラの動悸は治まらない。

（どっ、どうしよう。……ここにいない方がいいのかしら）

騎士達が話していたことで気付いたが、これから明るくなるに従って、騎士副団長や部屋回りを仕切る侍女、見習い騎士と、どんどん人の往来が増えてくる。

だれか一人でも合い鍵を持っていたなら、もうやり過ごせない。

サラがここにいる理由を問われるだろうし、書類を取りに来て閉じ込められた、なんて話では誤魔化《ごまか》せないだろう。

そうなれば、リュカスに事情説明を頼るしかなくなるのだが——。

(駄目、だ)

胸の真ん中を、ひゅうっと隙間風が通り抜けたような感覚に陥る。

リュカスに助けを求めるなんてできない。

媚薬を盛られたということは、彼になんらかの危害か影響を与えようとする者がいると言うことだ。

下手にサラが動いて、リュカスを困らせるようなことになるのでは本末転倒だ。

(多分、見つからないほうがいい)

媚薬で苦しむリュカスを助ける為という理由はあるが、昨晩の情事が不埒《ふらち》なものであることは、否定できない。

リュカスの婚約者や恋人であれば、多少の目こぼしはあるかもしれないが、二人の間柄に幼なじみ以上のものはなく、立場上もまずかった。

王と国を守り、公平な剣であるべき騎士は、一定の規律性や誠実さが求められる。

騎士団長であればなおのこと。後ろ指を指されるような出来事はまずい。

(リュカス様にとっても、きっと隠したい出来事だろうし)

不埒な関係が表沙汰になれば、責任を追及される。

やむをえなかった部分はあるが、それより、サラがここから姿を消し、すべてを忘れ、何事もなかったように振る舞うほうが、お互いの為だろう。

未婚でありながら、相手にすべてを捧げたことに後悔はない。

好きな人を助けることができた上、熱を分けて抱き合った夜は素晴らしく、嫌だと思うものはなに一つとしてなかった。

しょげそうな気持ちを無視して、サラは顔を上げる。

「あれは、夢だった。……うん。そういうこと」

部屋を立ち去る時、リュカスが口づけてくれたこめかみを指で押さえる。

交わるはずのない未来が、一瞬だけ重なり、いい夢を見られた。それでいい。

好きだからこそ、リュカスには輝かしい未来を、なんの憂いもなく進んで欲しい。

なにかあって爵位授与が取り消されたら、リュカスだけでなく、彼に期待するみんなが――

なにより、サラががっかりする。

「行こう」

決心し、サラは気怠い身体に気合いを入れるため、両頬を掌で二度叩く。

サラは逃げ出す子ねずみのように、そろそろと、だが素早く騎士団長執務室から出て行った。

市へ卸す野菜を積んだ荷馬車が、通り過ぎたばかりの道を抜ける。

サラは街を走り抜け、一人暮らしで使っている下宿へ辿り着いていた。

裏道を選び、気配を殺しつつ移動したので時間はかかったものの、知り合いには誰にも出会わなかった。

男爵令嬢として暮らしていた時とは異なり、働くようになってから、ずいぶん知り合いが増えたのだ。

仕事で回る商会や工房で働く人に、日常の買い物をする市場のおかみさんなど、多種多様な人間関係は楽しいが、今日だけは誰にも会いたくない。

使っている角部屋に入り、サラは息をつく。

幸い、今日は休日で仕事がないのでゆっくりできる。

昨晩の出来事を落ち着いて振り返り、今後の事を決めてしまおう。

まず、冷たい水で顔を洗い、寝不足の頭をすっきりさせる。

戸棚から新しい下着を取って付け、ペチコートを一枚、また一枚と重ね着ていくうちに、だんだん気持ちが、現実へ戻りだす。

服装の乱れは意識の乱れと心中で繰り返し、髪をきちんと三つ編みにすると、思考もずいぶんハッキリしてきた。

「ぐちゃぐちゃ悩むより、手を動かしたほうがいいみたい」

一つ片付くごとに、なにもかも滅茶苦茶だった昨日から、繰り返される毎日へと気持ちが戻っていくようで、サラは部屋の掃除と身支度に没頭する。

たらいに石鹸水《せっけんすい》を貯《た》めて灰色の準軍服を漬け、次に、汗でしわくちゃになった下着を手洗いして干してしまう。

部屋の隅にある箪笥《たんす》を開き、少し考えた末に、胸元のフリルがふんわりした白いブラウスに、小花柄がついた濃紫色の木綿スカートを選ぶ。

人心地をつけるため、紅茶でも入れようと台所へ行くが、前に使った時に始末が悪かったのか、オーブンとコンロが一体になった鉄製レンジは、マッチで火を入れても点火しない。

家事に慣れないサラは、人一倍手際が悪い。

貴族令嬢だった頃の教育に、料理という項目がなかった上、人の出入りが多く、独身者も多い王都には、軽食の露店もふんだんにあり困らなかったからだ。

お湯を沸かすぐらいは、一人暮らしとともに慣れたが、今日は上手くいかない。

何度か試すうちに、手がすすだらけになってしまう。

諦めるか、もう少し待ってから、炭売りから木炭の欠片《かけら》を買おうかと思案している処、家の扉が叩かれた。

驚き、マッチの箱を落としばらまいたサラは、けれど拾う間もなく台所を離れる。

扉を叩く音が、忙《せわ》しなく何度も続いたからだ。

「いけない！　朝ごはんの約束をしていたかしら？」

下宿で一人暮らしをしているが、大家である老婦人がサラのことを心配し、しばしば食事を届けてくれるのだ。

（でも、どうしたのかしら。今日に限って扉を鳴らすなんて）

仕事で不在なことも多いので、普段は、わざわざサラに知らせたりしない。

老婦人は、ノックをして返事がなければ、玄関前に料理と手紙を入れたバスケットを置いて帰る。

やや不安になりながら、扉を薄く開いて外を窺えば、糊《のり》の利いたエプロンを付けた大きなお腹《なか》に、栗色《くりいろ》の髪をきつく頭でまとめた女性が立っていた。

「……ワーウィック夫人？」

目を開く。同じ下宿に住む未亡人だ。

面倒見がよく、役人だった夫に先立たれてからは、住民との交流を日々の楽しみにしており、サラにも、なにかと世話を焼いてくれていた。

大家の老婦人とはお茶仲間で、慈善活動の後、子どもに配るお菓子が余った時などは、サラや下宿に住む他の娘なども誘い、中庭で楽しくおしゃべりする。

しかし、お茶会にしてはまだずいぶんと早い。

後ろに目を向ければ、一階に住むお針子や見習い女優など、近隣の女達が勢揃《せいぞろ》いしていた。

それだけでも圧巻だが、なんだか、みんな怒ったように怖い顔をしている。

(今日は休日だけど、別にお祭りとかは、なかった……わよね?)

強いて言えば、リュカスが遠征地から戻ったことで、王都の民は浮かれているが、だからといって、朝食の時間より早く、お茶会なんてないだろう。

「どうしたの?」

わからず首をひねっていると、ワーウィック夫人は唐突に扉を掴み、力任せに開ききった。

思わず寄りかかると、猫を捕まえるみたいにして、ワーウィック夫人はサラの腕をきつく掴む。

それから、爪先からてっぺんまでを二度見定め溜息を吐く。

「サラ……。まさか逃げようって訳じゃないだろうね?」

唐突に確認され、サラは口ごもりつつも、なんとかうなずく。

(逃げようとしたというより、今、まさに逃げてきたところだけど……)

王宮のリュカスの執務室から家まで辿り着き、一息いれようとした途端の珍事に混乱する。

背筋に冷たい汗が流れた。

黙っていると、お針子の娘が、ぷるぷる震えながら甲高い声で叫ぶ。

「よかった……!　間に合って……!　もし早まってたらって焦ったわ」

黒髪の巻き毛を跳ねさせながら、心底安堵した様子で彼女は騒ぐ。

「なんのこと？　……というより」

どうして彼女らは、サラが逃げ出したいような状況にあると知っているのだろう。

昨晩の出来事は、サラとリュカスしか知らないし、当のリュカスはまだ王宮だ。

不思議がっていると、ワーウィック夫人から腕を掴まれた。

「なにも、どうも関係ないよ！　ともかく任せて！　話は聞いているから」

「えっ……話って？」

状況が飲み込めずにきょろきょろするサラを連行し、ワーウィック夫人らは、大家が住む一階へと連れて行く。

開いた扉の中を見て、サラは素っ頓狂な声を出してしまう。

「ええっ？」

酒場の女将に、仕事繋がりで仲よくなった事務官と、顔見知りの女達が勢揃いしている。

しかも全員が、風呂を湧かせだの、クリームが届いてないだので大騒ぎ。

「ちょっ、ちょっと、ちょっと……！」

目を回すサラは、あっというまに女達に立たされて、ワーウィック夫人が指を鳴らすが早いか、オレンジより手際よく服を剥がれてしまう。

あまりのことに声を詰まらせるが、まったく誰も気にしない。

そして、あれよあれよのうちに、薔薇の花びらと香油でいっぱいの風呂の中へと沈められた。

◇
◆
◇

「結婚の特別許可状が欲しい」

王の私室に通されるなり、リュカスは本題を切り出した。

「また随分と急なお願いだね。一体どうしたんだい、リュカ」

日課にしている朝の運動と乗馬を終え、この部屋に戻ってきた国王――エドワードが、シャツと黒いズボンという砕けた服装で苦笑する。

御年三十八歳。若い頃は、辺境要塞の副司令官をしていた騎士だけに、体格も威厳も、王族というより軍人らしい。

彼は短く刈り込んだ髪に手をやり、にやりと意地悪に唇を上げ、リュカスを――騎士長時代の後輩で、とある件では共犯者でもある騎士団長を――見た。

「私が知る処によれば、君は、慰労の宴会で私を置き去りにして逃亡したはずだが?」

わざとらしく時計を見られ、危うく舌打ちしそうになる。

「陛下はお止めになりませんでしたが」

「そりゃ、王の宴会を蹴る貴族や騎士なんていないからね。止めるまでもないと思っていたんだよ」

「嘘をつけ」

危うく素がでてしまい、顔をしかめる。

一回り年上の国王の前では、どうにも我が強くなる。

お互い、サラの父を剣の師としていたことや、貴族社会より市井で暮らしていた時期が長く、駄目押しに、似たような出自であるため、心理的距離が近いのだ。

エドワードは、王太子である長男や、保険とされる第二王子の生まれではない。上に三男、四男をもつ、先王の五番目の息子だった。

しかも、エドワードの母は第三妃。容姿と気立てはいいが、身分は低く、実家という後ろ盾はまともに機能していなかった。

順当に行けば、次の王は第二王妃が生んだ王太子。大穴で第一妃の産んだ次男か三男。

長い間、そう予測されていたが、流行病《はやりやまい》であっけなく王太子と第二王子が死亡し、常から対立し合っていた第一妃と第二妃が、自分の息子に毒を盛っただの、病死しろと呪っただのと、諍《いさか》い始めた。

その辺りから、国の命運は怪しくなった。

始末が悪いことに、先の第一妃も第二妃も、政略結婚で国外から輿入《こしい》れした姫君で、背後には互いの国が控えていた。

辺鄙《へんぴ》な島国とはいえ、手に入る玉座ならいくらでも欲しい。

二王妃の実家は、せっせと手下を送り込み、残る第三、第四王子を旗印にやり合う。王宮内で密告、買収、殺人が横行する暗黒時代が訪れ、やがて戦争となり数年。

気がつけば、王宮から離れた田舎領地で、騎士として伸び伸び育った五男――エドワードだけが、王唯一の王子となっていた。

特殊な経緯で王になったからか、エドワードはさほど選民思想に染まっておらず、彼が王になってから、随分、身分や男女の差別が和らいだ。

他に貴族がいる場なら、リュカスもエドワードも王と臣下を貫くが、私室で――しかも、口が堅いことこの上ない老侍従長の前では、地位という仮面を付けたりしない。

「どうせサラ嬢の処へ行ったのだろう。彼女の為なら、幾らでも私の手を噛むのだからな。……いつも通りすぐ戻ると思いきや、一晩、帰らずなのだから、嫌味《いやみ》を言うぐらい仕方あるまい」

ふふっと楽しげに喉を鳴らし、エドワードは目を細め朝食のテーブルへと近づく。

エドワード王だって、無礼を責めている訳ではないのだ。

証拠に、骨張った頬の筋肉が、先ほどからヒクヒクしている。笑いを堪えているのだ。

「おかげで、お前に色目を使おうと意気込んでいた貴族令嬢に囲まれ、質問攻めに会ったぞ」

みじん切りされた羊の腎臓と落とし卵を入れて焼いた、キドニー・ココットを手に取りながら、エドワードは芝居がかった気怠さで椅子に座る。

輪郭も目鼻立ちもはっきりした、野性味のある美丈夫だからか、エドワードが気を抜いた仕草や表情をすると妙に色気がある。

侍女達がいたら悲鳴でうるさかっただろうなと思いつつ、リュカスは老侍従長が用意した椅子に座り、真正面からエドワードを睨《にら》んだ。

「俺がサラの許《もと》に行ったと、女達に伝えたのか」

もはや王に対する言葉ではないが、人払いされている状況で、礼儀を重んじることをエドワードは好まない。なのでリュカスはあえて取り繕わずに責める。

「まさか。報告の不備とか適当に気を利かせたよ。……上手く誤魔化した私を褒めて欲しいね、リュカ」

絶妙な火加減で半熟となっているキドニーココットの黄身を、慎重な手つきで掬い、エドワードは続ける。

「ま、私が誤魔化したところで、港で、恋人同士の感動の再会じみたことをされればねえ……。あまり意味はないなあ。みんな貴族令嬢とは思えないほど目を血走らせて、事情を探り合っていたよ」

ぐっと喉を絞め、リュカスは匙《さじ》を咥えた王から目を反らす。

「海賊討伐の任務が終わり、やっと辿り着いた港で惚れた女を見つけた。その上、彼女が海に落ちかけていたとくれば、多少自制を失っても仕方がないだろう」

もっとも、相手は経理補佐として、帳簿を受け取りたかっただけのようだが。

（俺を出迎えに来たのかと期待したんだ。あの瞬間は）

自分から好きと言うことはできずとも、相手から好きとさえ口にしてもらえれば。そんな卑怯《ひきょう》な願望に、胸を躍らせせさえしていた。

――サラの父が亡くなって半年後、リュカスも戦地から王都へ戻った。

その頃、サラは母親と暮らしており、凋落《ちょうらく》を知ったリュカスは、幼なじみとして手助けを申し出た。

当時のリュカスは、若手一番の出世頭と目されていたが、まだまだ駆けだしで、今のように、王の片腕だの、騎士団長だのの仰々しい肩書きはもちろん、王宮でもほとんど認識されていなかった。

だから今より気兼ねなく、サラとその母を支える事ができていた。

毎日のように、サラへ花やチョコレートを送り、母親の体調がよい日は、息抜きと称し、彼女が好きそうな演目の歌劇に誘いもした。

だが、その度にサラははにかんで拒むのだ。

もう貴族令嬢ではないのだから、甘やかして、贅沢に慣れさせてはいけない――と。

（父亡き今、過ぎた恩義を返す当てはないのですから、心苦しいばかりです。……だからな）

その上、贈っていた花もチョコレートも、病弱な母への見舞い、父への恩義ゆえの行動としか受け取っていない。

遠慮しているのはわかった。

没落した身を恥じ、自信をなくしているのも気付いていた。

だが、どうやって幸せにしてやれるのかがわからない。

そんな中、リュカスは見てしまった。

父親の墓の前で、傘も差さずに濡れたまま、一本の白薔薇を捧げ微笑むサラの姿を。

――ごめんなさい父様。一本しか、買えなかったの。

その日は、六月には珍しく雨が降る休日だった。

おりしも父親や夫に感謝を告げる日とされており、あちこちで、父性愛の象徴たる白薔薇の花束が売られていた。

小さな女の子から老婦人まで、女性はみな、手に傘と白薔薇の花束を抱き行き交う。

墓地だってそれは同じで、沢山の白薔薇が点在する中、サラの父親の墓には、サラが捧げた一本だけしかない。

リュカスは、自分の情けなさと愚かさに立ちすくむ。

気丈に笑い、甘やかさないでとリュカスの助けを躱すサラが、どれほど追い詰められていたか、実感として身を打った。

妻の医療費に娘の教育費と、少なくない金を愛としてつぎ込んでいたサラの父は、けれど蓄えが少なかった。

恐らく自分が死ぬとは考えていなかった。騎士であり軍人である以上、なにが起こってもおかしくないのに。

それを慢心と責める気はない。

サラの父はまだ若く、生きていれば、将軍まで出世するのは確実と言われていた。

なのに、任務中に受けた些細《ささい》な傷がもとで病にかかり、あっけなくすべてを手放した。

だけど残されたサラはたまらない。

淑女としての教育を受けていても、生き抜く知恵はさほどない。

それゆえに騙《だま》され金を奪われた。

リュカスが助けようにも、帰還した時には終わった話だった上、自分一人暮らすのに不自由しないが、家族を得るには、ほど遠い稼ぎしかなかったのだから。

少ない遺産を食い潰しながら母親を看病し、男爵令嬢であった頃を知るリュカスに窮状を知られることで、迷惑はかけまいと笑い、気休めに贈られる花やチョコレートといった嗜好《しこう》物を、どんな思いで受け取っていたのだろう。

嬉しいと同時に、辛かったに違いない。

(小さな女の子を、愛玩動物のように甘やかしただけだ)

リュカスはサラへ傲慢な優しさを与え、いい気になっていた己を恥じる。

同時に、妹のようにかわいがっていた女の子が見せた、愁いを帯びた表情に心がざわついた。

無邪気に笑い、自分の後を必死に追いかけ、リュカ、リュカと舌足らずな声で言っていたのに、見ているのが辛いほど切ない微笑を湛《たた》えていた。

どうにかして助けたいと考えた。もう一度、あの優しくて心が和む笑みが見たいと。

――恋だと自覚した時には、男としてサラを幸せにしようと、己に誓っていた。

何不自由ない暮らしを用意して、彼女を妻に迎えよう。

二度と、寂しい笑いを浮かべなくていいように。

その為には、戦争も、世を騒がす物騒な盗賊も、みんな片付けてしまおう。

自分が背負う厄介な身の上も、なにもかも。

彼女に求婚するに相応しい地位と条件を手に入れる為、必死で四年駆け回り、気付けば最短にして最年少の騎士団長になっていた。

「あとは、もう……、例の件を始末するだけだ」

「なるほど。それで手を出したわけか。……らしくないね」

訳知り顔のエドワードに指摘され、リュカスは顎を引く。

「その程度の覚悟なら、とうに、サラ嬢を孕ませてたんじゃないか？」

エドワードは老侍従に甲斐甲斐《かいがい》しく世話をされながら、朝食も、食えない会話も進めて行く。

「己の母親のように、サラを巻き込みたくない。だから、自分からは好きとは言わぬし、大切な存在だと敵に気付かれぬようにする。だったか……」

薄切りパンを紅茶に浸すという、行儀の悪いことをしれっとやりながら問われ、口ごもる。

「なにがあった？　我が弟よ」

核心を突く一撃だ。

サラに好きだと伝えられない理由に、リュカスの顔が強ばった。

息を詰めてエドワードを見れば、金色の虹彩を持つ藍色の瞳に迎え撃たれる。

この国では珍しい色合いの瞳だが、王族の男子に限ってはよく見られ──つまり。

──リュカスは王の息子なのだ。

現王エドワードを産んだ第三王妃。その第三王妃の妹と、前王の間に授けられた子だった。

つまり、現王であるエドワードとは、父の血筋から見れば異母弟、母の血筋から見れば従兄弟という複雑な関係だ。

先の王は、外国から政略結婚で二人の王女を、気立てのいいお気に入り侍女──エドワードの母──を第三王妃に迎え、盤石なほど跡継ぎをこさえた。

統治の面では、気弱さが邪魔をして今ひとつだったが、大した国難もなく年を重ねていた。

だが、老齢に至り若さを失い出すと、王としての抑制までもを失い、あちこちで女に手を出し始め、少女のような娘まで好んで抱いた。

第三王妃の妹だったリュカスの母親は、十六歳になると同時に、行儀見習いと縁繋ぎを目的とし、姉の侍女として王宮へ上がる。

当時、王妃の腹心として、仲のいい姉妹が侍女に入るのは当たり前で、さらに言えば、リュカスの母とエドワードの母が一回り以上年齢が違うことも、田舎貴族に十人近く兄弟がいることも、よくあることだった。

王都の貴族令嬢にはない純朴さと、みずみずしい若さは、すぐ老いた王の目に留まる。

権力を振りかざし、拒めば王妃である姉の立場がない、父の伯爵位も簒奪《さんだつ》すると迫る王の前に、なすすべもなく初花を散らされた娘は、けれど、相手が相手故に、誰が父親か告げることもできず、身を持ち崩したふしだらな娘として勘当され、王都の片隅で生活しだす。

王は王で、最初こそ、親に絶縁されたリュカスの母を哀れみ、秘密の隠れ家で保護させ、生まれた子には王族の刻印を押すよう部下に命じていたが、リュカスが産声を上げたと報告を受けた時にはもう、妻の妹を抱いたことなど忘れ、別の乙女を床に招いていたと言う。

秘密の寵姫は、焼き印の痛みに泣く赤子とわずかな金を渡され、王の隠れ家からも追い出された。

それでも母は、恨み言一つ言わずリュカスを育てた。

貧しくとも周囲の人々と支え合い、それなりに幸せな日々を重ね、リュカス母子の存在は、そのまま歴史から消えるはずだった。

街中で悪友たちとはしゃぎ、母親の言いつけを破り水浴びするリュカスの肩に、王の息子であることを示す薔薇の焼き印があり、それを、ある貴族に見られるまでは。

藍色の瞳だけならば、珍しくはあったが、先祖に王の隠し子がいたのではと誤魔化せる。だが、王が息子と認めた者にだけ押す焼き印だけは、どうにもならない。

おりしも、国内では王太子と第二王子が流行病で亡くなり、内乱で王を決めようとする機運が高まっていた。

第一王妃の支持者だったその貴族は、王の隠し子であるリュカスの存在を利用して、敵対する第二王妃や第三王妃を陥れるため、身柄を奪おうとした。

(今でも、覚えている)

男達の荒れた足音や獣じみた怒鳴り声。

当時の第一騎士団長——サラの父が駆けつけるのが、あと少し遅ければ、リュカスも一緒に殺されていたか、どこぞに幽閉され、陰謀の切り札として利用されていた。

母は死の間際にリュカスの生まれを語り、床一面を血だまりとしながら息を引き取る。

事を重く受け止めたサラの父は、すべてを秘したままリュカスを引き取った。

今となっては、王と互いの側近などしか知らない秘密だ。

だが、自分を庇って母が殺されたことに衝撃を受けていたリュカスは、心に決める。

自分では誰も守れない。自分を守る為に誰かが傷つくのは見たくない。すべてを守れるほど強くなるまでは。

そしてサラと出会い、彼女に恋し、覚悟する。

使える手段はなんだって試そう。サラを幸せにする為に。

腹をくくり、戦争の最中、一番話がわかりそうだったエドワード王子——従兄弟にして、兄である彼——に会い、すべてを伝えた。

騎士として生涯忠誠を誓い、国内の混乱を収める剣となるかわりに、リュカスが王子である記録や証拠を、すべて抹消してほしいと。

本来、玉座を争う敵対者である二人が、こうやって手を結んでいるのは、普通より濃い血縁ゆえなのか、あるいは、エドワード自身のふざけた性格ゆえかわからない。

——面白いね。たった一人の娘の為に王冠を捨て、それを拾った男の足下にひざまずくか。

会見の場に乗り込んできた敵を屠《ほふ》り、血に濡れた剣を払いながら、ひどく興味深そうに笑ったエドワードの姿は、今も忘れていない。

道化師に見えても、王となる者には、必要とされる度量と残酷さがあるのだ。

以来、二人は兄と弟として語り、王と騎士として役を演じきり、この国を揺さぶる害虫を潰す共犯者として手を組んだ。

「リュカ?　どうしたんだ。なにがあって、サラ嬢と結婚を決めたか聞きたいんだが」

血なまぐさい過去を振り切るように、リュカスは事実を告げる。

「媚薬を盛られた」

途端、エドワードがきょとんとし、手から匙を落としてしまう。

抜かりない老侍従長が、新たに銀の匙を差しだす傍ら、ふうむとエドワードはうなる。

「それは、密輸がらみか？　それとも、その。暴走した女どもか」

「どちらとも言えない。だが、俺たちが想像する以上に、麻薬も媚薬も蔓延《まんえん》している」

「まて。……媚薬を盛られたとして、どうやって鎮めたんだ。それが、どうやってサラ嬢との結婚に至る」

中身を省き、結果だけ伝えてすませようとするが、王にして秘密の兄である男は、中身の方を――どういう経緯で、抜き差しならぬ関係になったのかに、興味を示していた。

とんでもない失敗をしたようだ。

いたたまれなさの中、覚悟を決めて昨晩の事情を語れば、エドワードはなんでもお見通しといった顔で手を振った。

「なるほど。……それはひとたまりもないだろう。特にお前は初めての女だろうし」

身体を曲げるほど激しく笑い、エドワードは目だけでリュカスを見やる。

「笑い事ではない。調査をしている以上、危険があるとわかっていたが、自分がアレを飲まされるとは思いもしなかった」

「げに恐ろしきは女の執念だ。なるほどなあ、それは〝きちんと責任を取って〟やらなければな。……だが、出生の件については、当面黙っていたほうがよかろう」

王としての判断に頷《うなず》く。

「王妃を迎えるのは先になりそうだ」

ふ、と口端を歪めながらエドワードは目を細める。

政略結婚の話はあるが、即位したばかりで情勢に不安があると言われ難航しているのだ。

「サラ嬢の父親は、お前の恩人であると同時に、私の恩師でもあるからな。不憫《ふびん》な思いはさせられんよ」

「そう……だな」

「いずれにせよ、情報はほとんど抹消し終えている。手続きが終わり、お前の爵位が正式授与されれば、新しい家系図を作成することになる。どさくさで以前の資料を始末すればおわりだ」

法律上、王族は、王から新たな爵位を与えられた時点で、王位継承権を失う。

末端の親戚が継承権を主張することを防ぐ目的で定められた法だが、秘された王子であるリュカスにも充分適用できる。

いままでしなかったのは、平民が爵位を得るのに不自然でない形を整えたかったからだ。

「授与式が終わるまでは、黙っていたほうが安全だろう」

エドワードが忠告した理由はわかっている。

サラに王の異母弟であることを伝えても、リュカス的には問題がない。

主計長で、サラの上官でもあるマーキスも、彼女の真面目さと口の硬さを褒めていた。

が、それは個人としてのこと。

王は独身で、これと決められた王妃候補はおらず、王太子の誕生は先と目されている。

サラがリュカスと結婚し、子が生まれ、王に子どもが生まれなかった場合、サラの産んだ子が次の王になる。

王位継承権を失う前に、万が一、なにかが起こって——など、さすがに荷が重すぎる。

それに、騎士団長かつ、もうすぐ伯爵となるリュカスに対し、立場を口にして距離を取ったぐらいだ。王だの王太子だの出てくれば、サラが萎縮してしまうのは目に見えていた。

(王子とは名ばかりな俺より、サラのほうが、よっぽど麗質があるというのに)

貴族の位を奪われ、令嬢という呼称を失ったとしても、サラの持つ気品や美徳は変わらない。

幼い頃は小さな姫君として仕え、長じては剣を預ける乙女として焦がれた。

「俺には、勿体《もったい》ないほどの女なのにな」

「なにを言うか。……サラ嬢を口説こうとする貴族令息や騎士を見つけては、片っ端から剣を突きつけ、俺より強い奴にしかサラは任せない。などと威嚇しておきながら、愁傷なふりを」

ふん、と鼻を鳴らし、エドワードは朝食の席を立つ。

「まあいい。そういうことならば、特別結婚許可証の一枚ぐらい書いてやろう。弟夫婦の子の生まれ月が合わぬのなんのを種にして宮廷雀どもが騒ぐのは、あまり気分がよくないしな」

エドワードは、侍従長に筆記具を用意するよう言付け、振り返る。

「話ついでだが、麻薬の流出経路はどうなっている」

「調査したが、南の貴族が、かなりきな臭い」

ブリトン王国は領地がすべて島であるため、産業が限られる。

牧畜や農業など土地を多く使う産業については、言うまでもなく他国に劣る。

その代わり、食品や物品の加工技術は随一で、特に醸造酒、織機で外貨を稼いでいる。

原料を外から輸入し、加工し、再度別の国に出す。

加工貿易に関する政策は、統治する上でも重視すべき点で、そこから得る税収を、病院設立や戦死者家族救済、飢饉《ききん》や災害時の社会保障資金としている。

しかし、自分のことしか考えない者はどこにでもいる。

輸出入の義務とされる税金を避け、隠れて物品をやりとりする密輸が横行していた。

とくに、海を挟んで大陸に向かう、コンウォール、ドーバー、ワイトの三地域住民にとっては、生活の一部ともなっているほどだ。

王としてケチでも潔癖でもないエドワードは、土地が痩せている三地域の領民が、生活の足しに、ブランデーや煙草、紅茶、砂糖などを、小舟で少々横流しすることは見逃していたのだが、麻薬や媚薬は、〝ちょっとした楽しみ〟では済まされない。

「今回、上陸していた海賊の備蓄は、全部抑えられなかったか」

「襲撃前に小舟で陸にあげたようだ。部下に追跡はさせているが、……ものだけにな」

煙草に偽装されているため、一見して麻薬と見抜くことは困難だ。

ケースに入れ替え、上着の隠しに収められれば、誰でも簡単に持ち運びができてしまう。

「広めている手口は、わかってきているのだが」

「賭場や娼館だけでなく、王宮での使用もあるとはな」

媚薬を使われたのは、恐らくリュカスだけではないだろう。

単純な性愛を愉《たの》しむのはもちろん、家の乗っ取りなどで、媚薬を利用している可能性もある。

「上流階級なのはわかっている。この国に出回っている麻薬は、アナトリアのものだ。あれは品質がよい分値段も高い」

「対岸の敵国が絡んでるのは確実だが、身内の首魁《しゆかい》が誰かは、なかなかに突き止められんな。

……麻薬は、音もなく人心や社会を蝕《むしば》む病だ。早く始末してしまいたい。……が、戦争よりよっぽど手が焼けるな」

エドワードが腕を組みつつうなる。だが、リュカスはそう悲観的ではなかった。

「単に、俺たちが想像しなかった人物という可能性もある」

「犯人は大概、想像しない人物だが」

「どうだろう。……そもそもの前提が違うとしたら?」

エドワードは、自分の統治をよく思わない貴族が、裏で麻薬密輸を行い、治安を乱す考えと推理していたが、もっと馬鹿馬鹿しく、単純な理由かもしれない。

「それか、密輸と王都での麻薬の横流しは、別の意図があるか。……ともかく、水際防衛については、地元の沿岸警備隊だけに頼らず、うちの騎士団による抜き打ち警備を継続させる」

「沿岸警備隊は、地元貴族の子飼いで、小銭欲しさにすぐ情報を漏らすからな。その点、リュカスの部下は信頼できる」

いいしな、エドワードは、話のきな臭さを吹き飛ばすように、食卓で書き込んでいた結婚許可状に勢いよく署名した。

「よし。許可状の代金は結婚祝いにくれてやる。これを持ってさっさとサラに求婚してこい。

……リュカの予測が正しいなら、またすぐに忙しくなる。休暇が多い今が絶好だ」

冷やかし気味に告げたエドワードが、にやりと口の端を上げたと同時だった。

食事の片付けで退室していた老侍従長が、首を傾《かし》げながら戻って来た。

「第一騎士副団長がお見えですが、なにかお約束でもございましたか」

リュカスとエドワードを見つつ、紅茶を何人分用意するかで迷っている。

「いや、特にないはずだが」

「どちらかと言えば、リュカス様……ケイラー騎士団長に、御用がおありの様子でしたが」

「俺に？　急ぎの報告だろうか」

書き上がったばかりの結婚許可状を軍服の内側へしまい込み、直属の部下を通してもらう。

「やっぱり、国王陛下の元にいらっしゃったんですね」

エドワードに向かって挨拶し終えるが早いか、副団長のキャンベルはリュカスを軽く咎《とが》める。

「いつものことですが、さすがに不用心ですよ。執務室に鍵をかけないと」

昨晩宴があったから、うっかりしたのだろうとか、戦争中ではないけれど平時からの心がけがと、小姑性分丸出しで注意するのを遮り、リュカスは顔をしかめる。

「執務室に鍵がかかってなかった、だと?」

「ええ、そうです。急ぎの書類にいつ署名が貰えるかと、マーキス主計長にせっつかれました。入れ違いで家に戻られたなら、私が当直明けに団長の屋敷に立ち寄って、ご署名頂こうかと」

頭から血が引き、目の前が暗くなる。

備え付けの寝室でサラが眠っているのに、鍵を開けたままにするはずがない。

執務室の外鍵はもちろん、リュカスしか持っていない仮眠室の鍵まできっちり閉めた。

だがキャンベルの手にある書類は、サラが昨晩届けにきたもの。だとしたら答えは一つ。

(内側から開けて、出て行った)

愕然とする。

昼までは眠っているだろうと予想していた。なにせサラは細身で、両親から愛を惜しみなく注がれた箱入り令嬢で——。

そこまで考え、はっとする。——それは四年前までの話だ。

リュカスたち騎士より肉体労働は少ないが、サラも軍部で主計官補佐として働いている。一日中街を歩いて請求書を回収したり、料金支払いの通告を届けたりするうちに、健康な体力を身に付けていてもおかしくない。

そうだという風に、説教を続けていたキャンベルが、溜息を吐く。

「騎士団の帰還が前倒しになったから、主計部も忙しかったんでしょうね。サラ嬢が疲れた顔で帰宅するのを見かけました。女性を徹夜させたなんて申し訳ないですから、今後はきちんと経理方面の決裁も……、ケイラー騎士団長？」

険しい顔をしたリュカスに気付いたのだろう。キャンベルが声を途切れさせた。

室内の視線が一斉に集まる中、リュカスは喉をごくりと鳴らす。

「急用が出来た」

「は？」

言うなり、キャンベルの手から書類を奪い、エドワードが結婚許可状を作成するのに使ったペンで、署名してしまう。

「後は任せた。なにかあったら国王陛下に相談しろ。ともかく、今日は俺は無理だ」

一息に言い切ると、リュカスは若草色のマントをなびかせ、王の私室から立ち去る。

「あいつ、どさくさに紛れて、私に仕事をぶん投げていきやがった」

王としてあまり褒められない口の利き方をしつつ、エドワードがくくと笑う
「……なにか重大な事件でも？」

間抜けなほど目と口を開くキャンベルに椅子をすすめ、エドワードがリュカスの為に用意させていた紅茶を渡す。

「まあ、重大だろうさ。あいつにとって人生をかけた大勝負だろうし」

吹き出しながらエドワードが言うと、副団長はますます混乱しうろたえる。

上官であるリュカスが平静を失っていたのに反し、エドワードが上機嫌で笑っているからだろう。

だが、上手く説明してやれる気がしない。

（あの堅物騎士団長のこじれた初恋が、媚薬のせいで急展開した上、相手に逃げられるなど）

見物だ。こんなに面白い娯楽はない。皆が知ったら、どんな騒ぎになるだろうと思う。

影に徹し、黙って配膳をしていた老侍従長が、人が悪いと顔をしかめるまで、エドワードは、ずっと一人、腹を抱え笑い続けていたのだった。

第四章　突然過ぎる結婚式

なにがなんだかわからない。

今までに見た中で、一番おかしな夢を見ているようだ。

サラは教会の控え室にある鏡をのぞき込む。

そこには、白いタフタの花嫁衣装を纏った自分が映っていた。

銀糸の縁取りがついたジャケットに、床で裾が渦巻くほど長いスカート。

ぴったりした絹の上身頃は滑らかで、胸元から喉の線を優美に浮き立たす。

いつもは背中で一纏《ひとまと》めにしてある三つ編みも、垂らした両脇以外は、複雑な形で結い上げてあり、髪留め代わりにオレンジの花や早咲きの鈴蘭《すずらん》が差してある。

顔には薄く白粉《おしろい》が叩いてあり、水で溶いた苺の汁が唇と頬に紅を足す。

どこをどう見ても可憐な花嫁だ。サラは自分の姿に困惑を隠し切れない。

溜息をついて、周囲を窺う。

朝一番に押しかけ、サラの意見などまるで聞かず、婚礼の準備に舞い上がっていた女達は、支度が終わり次第、サラを王都で一番大きな教会へ押し込め、披露宴の準備に出て行った。

母親代理として、ずっとサラに付き従い、世話を焼いていたワーウィック夫人も、用事だと神父に呼ばれ、場を外していた。

誰もいない室内はしんとしており、聖域独特の静けさが耳に痛い。

唇を引き結び、サラは小さく折り畳んで持っていた紙片を、震える指で開いていく。

粗末ですぐに皺が寄る藁半紙《わらばんし》は、号外として王都中にまき散らされた新聞だった。

——我らが英雄たるリュカス・ケイラー卿《きょう》、ついに結婚か!

そんな見だしから始まる紙面を、順番に目で追っていく。

〝海賊討伐の任から帰還した、騎士団長リュカス・ケイラー卿が、ついに、ついに! 花嫁を娶《めと》ると決めたようだ〟

〝朝一番の王宮へ参じ、愛の歓び覚めやらぬまま、エドワード国王陛下（繁栄なる御代《みよ》常永久に!）へ、特別結婚許可状を願ったという〟

〝お相手は、長年、恋仲にあったサラ・ブローク元男爵令嬢!〟

〝なお、ケイラー卿にはこのたびの勲功をたたえ、ブライトン伯爵領を授与されることが内定しており、新婚旅行はそちらになると見込まれ——〟

読まずとも覚えるほど目を通した内容に、サラはますます顔色を失う。

この任務が終わり次第、二人は婚礼予定であっただの、父の縁による婚約が長く続いていただのが、かなり運命的に脚色され、面白おかしく書き立てられている。

白い薔薇を差し出しながら跪き、愛していると告白したという大嘘《おおうそ》の結びに、たまらず、くしゃりと新聞を握りつぶし、サラは両手を膝に当てた。

「どうしよう……。こんなことになるなんて」

夢だと思いたいが、窓の外から聞こえる結婚行進曲や、祝福する民らの声は確かに現実で、ついでにいえば、重く動きづらい婚礼衣装も、幻ではありえなかった。

目を閉じ、耳を塞ぐと、今度は、『貴女は今日、街の英雄であるリュカス・ケイラー騎士団長と結婚するのよ！』と真顔で叫んだ女たちの声が脳裏に甦り、憂鬱さはいや増しに増す。

一体なにが起こったというのか。

リュカスと身体を繋げたが、あれは彼を助ける為だった。

好きな人が苦しまないで済むならばと、やれることをしただけだ。

関係だけを見れば不埒だが、気持ちに迷いはない。

——そして彼に、なにかを求める気もない。

貴族であれば未婚の男女が肉体関係を結べば、結婚するのが当然とされていた。

だが、サラには結婚する気などなかった。

媚薬の毒を消す為、リュカスはやむを得ずサラを抱いた。否、サラが許し、身を捧げた。

違う選択だって残されていた。別の女性を——リュカスを毒から救い、身を任せても社会的に打撃のない、娼婦だとかを——呼ぶことだってできた。

だけど嫌だった。他の女性に託すならばと考えた。

自分が、リュカスを助けたかった。

初恋の人であり、遠くなった今でも憧れの人であるリュカスを。

それが罪というなら、罰は甘んじて受けようと思う。それだけの覚悟は決めていた。

(だいたい、リュカス様が私と結婚するなんて、おかしい)

伯爵となることが決まっているリュカスと、平民まで落ちぶれたサラでは、釣り合いというものがまるでない。もっと身分と後ろ盾のある娘を伴侶に迎えるべきだ。

港での出来事が頭を過る。華やかに着飾りリュカスを望む沢山の令嬢が。

(私がしたことで、リュカス様が人生を台無しにする必要はない)

貴族令嬢であれば純潔を失ったことは大問題だが、平民ならそう大事ではない。

家と家の結びつきであり、政略絡みの貴族と異なり、平民では身体の関係から始め、同棲《どうせい》し、子が生まれてから結婚となる縁もある。

娼婦のように、金のために身体を開くことはよく思われないが、恋仲の男女が、一時の激情で身を重ねるなどよくあることだし、二度、三度の結婚を重ねた女すらいる。

リュカスが失うものに比べれば、サラが得られないものなどたいしたことはないだろう。

もちろんサラは、リュカス以外と肌を合わせるつもりはない。

成就しない思いに切なさを覚え、胸が痛んだとしても、それはサラが背負うべき罪であり、勢いで犯した過ちに対する代償なのだ。

（一夜限りの夢を思い出に、唯一の恋を抱いて生きるのも、きっと悪くない）

堅実に働き、老後のための財産を蓄え、年老いてからは猫でも膝に乗せて過ごせればいい。いつか、リュカス以上に好きな人が現れるかもしれないが、その時考えればいいことだ。

（なにより、リュカス様が望んでいない）

胸苦しさを溜息にしつつ、耳にしてしまったリュカスの本音を口にする。

「上手くいかない、最悪にも程があるって……言ってたもの」

結婚騒動で右往左往するうちに、今朝の様子を思い出したのだ。

あの時は、情事のけだるさにぼんやりしていたが、耳が捉えた言葉に間違いはない。

彼は起きるなりつぶやいたのだ。最悪だ、上手くいかないと。

前後の状況を考えれば、媚薬でサラを抱いてしまったことだとわかる。

「だめ、落ち込みそう……。そんな場合ではないのに」

頭では不釣り合いだとわかっている。だが、気持ちがついてくるのに時間が必要だ。

「ともかく、この騒ぎをなんとかしなきゃ」

教会の予約やドレスの手配など、昨日今日でできることではない。ひょっとしたら媚薬の件とは違う誤解で、こうなっているのかもしれない。

「そうよ。……きっとこの騒ぎで誰かが困ってるわ。早く、私が誤解を解かなきゃ」

まずは新聞に書かれてしまったことや、外のお祭り騒ぎを取り消さなければ。

みんながっかりするだろうが、話せばわかってくれる。そう信じるしかない。

リュカスと結婚する約束などない。それを手早く伝える方法はないものか。

腕を組み、難題に溜息をついた時だ。

花嫁控え室となっている小部屋の外で、荒々しい足音が聞こえ、急に騒がしくなりだす。

（もしかして、誤解が解けたのかしら）

ぱっと顔を明るくしたサラは、次の瞬間、動きを止める。

話し声はごちゃごちゃとして聞き取りがたいが、なんだかとても揉めている。

（ひょっとして騒ぎがこの下町だけで収まり切れず、王宮にまで伝わった？）

貴族の結婚は王の許可が必要だ。にも拘《かか》わらず、この騒動だ。

サラが仕組んだ訳ではないが、詐欺で騎士団長を騙そうとしたと判断されていたら――？

（首謀者と誤解し、騎士や衛兵が捕らえに来たのかも）

ひとまず逃げたほうがいいか、あるいは、誠実に真っ向から反論したほうがいいか。

悪い想像に身体が震えた。落ち着かない気持ちから椅子を立ち上がった瞬間、大きな音を立てて扉が開き、白い輝きがサラの目を奪う。

しゃらしゃらと鳴る金鎖の音や、軍靴のかかとが床板を踏む音が立て続けに聞こえた。

「駄目です！　お式の前に花嫁の部屋に入るなど……！」

まるで子どもを叱るような声でワーウィック夫人が制止するが、それより早く、白い影はサラの目前に辿り着く。

まぶしさに細めていた目をまばたき慣らせば、そこには、純白の大礼装軍服に身を包んだリュカスが立っていた。

「え……？」

宝石を飾った勲章や、階級を表すために肩から下がる、細かい金鎖の飾りが揺れるのをぼんやりと眺めつつ、サラは思う。

わけがわからない。いや、騒ぎを聞きつけリュカスがくる可能性はあった。

だが服装がおかしい。これでは、結婚を控えた新郎ではないか。

「どうし、て？」

震え乱れた囁きで疑問を投げかける。

リュカスは、息を切らせながらサラを見ていたが、なにかを伝えようとした途端、別の声に邪魔された。

「リュカス様！　いくらサラが好きだとしても、これはあんまりで……！」

苦情をいれようとしたワーウィック夫人が、当のリュカスからぎろりと睨まれ黙り込む。

いかに仕切り屋な彼女でも、戦場や討伐を渡り歩いたリュカスの、殺気を隠さぬ眼差しには敵《かな》わない。

ごくりと唾を鳴らし固まっていたワーウィック夫人は、リュカスが外に出るよう手を振ると、しぶしぶながらに出て行った。

「サラ」

ひどく真剣な声で名を呼ばれ、目を瞬かす。

聞きたいことが沢山あるはずなのに、予想外のできごとばかりが続いたせいで、まだ頭がついてこない。

リュカスも、信じられないものを見るような目でサラを見つめている。

沈黙の中、お互いが見つめ合うこと数分。

「……すまない。あまりにも美しすぎて声がでなかった」

不意打ちの賞賛に、サラは意識するより早く顔を赤らめる。

「いっ、い……いきなり、なにを」

両親や職場の人から、かわいいとか愛嬌《あいきょう》があると褒められることはあったが、美しいなどと表現されたことはない。だから、変に心臓がどきどきして落ち着かなくなる。

「大げさ、です」

「まさか。美しいという単語では足りないぐらいだ。愛おしいとでも付ければいいのか?」

信じられないほど甘い声色で言われ、サラは羞恥のあまりに倒れそうになる。

すんでのところで踏みとどまり、遠のきそうな意識を必死に掴み戻す。

「一体、どうしたというのですか。そんな冗談………」

生真面目で、幼なじみで、長じてからは、適切な距離を置いて接したリュカスとは思えない。変なものでも食べたのかと、頬を軽く叩きながら考え、はっとする。

「あの、まだ媚薬が残っている……とか？」

「まさか。体調はすこぶる良好だ。……別の意味で影響はあるがな」

「別のって、私、失敗したんですか……！」

ぎょっとして前のめりぎみに問う。

初めてだったので上手くできたかどうかわからない。

むしろ、自分から身を捧げた割に受け身で、快楽に翻弄されるうちに気絶していた。

だから、完全に媚薬の影響を消しきれなかったのかもしれない。

「ごめんなさい、結局、助けになれなかったようですね」

泣きたいのを堪えて謝罪した途端、リュカスがおろおろと言い募る。

「違う。サラが悪いことなど何一つない。失敗どころか、あれほど素晴らしい夜は………ッ」

びくっと肩を跳ねさせ、次いで、はあっと切なげに吐息をこぼし、リュカスは顔を逸らす。

不意に会話が途切れ、気を遣わせてしまったのかと頭を上げたサラは、目の縁に朱を含ませたリュカスと目が合ってしまう。

小さな雷に打たれたように、互いに身を竦め、また盗み見する。

なんだかもじもじする。彼に見られることが、変に気恥ずかしい。

（というか、見ると……色んなものを思い出しちゃいそう）

昨日まではなんてことなかったのに、リュカスを見るのが後ろめたい。

彼の唇や指が目に入るたび、それが昨夜、どのように作用したのかを思い出してしまう。

身悶えしたいのを我慢しながら、サラは思う。

（私、こんないやらしい子だった……のかな。それとも、媚薬の名残だとか）

なんとか理由を探し、気を落ち着けようとするが上手くいかない。

こっそりと深呼吸をして気持ちを落ち着かせていると、リュカスがようやく話を切り出す。

「ともかく、サラを捕まえられてよかった」

「え？」

ぽつりとこぼされた台詞に顔を上げると、堰《せき》を切ったようにリュカスが言葉を連ねる。

「部屋に、いなかったから」

「いてよかったのですか？」

そろそろと確認すると、リュカスはしっかりとうなずいた。

「当たり前だ。というか、むしろいて欲しかった」

「ごめんなさい。……掃除の方や騎士団の方が来られて私が見つかったら、リュカス様が困ると思って」

「いや、昼まで休んでいると思って説明しなかった俺も悪い。だが、心底焦《あせ》った」

手の甲を口元に当て、リュカスは顔を横に向ける。

不機嫌というより、拗《す》ねた様子がなんだか子どもみたいで、サラはどきりとしてしまう。

「あんなことがあったから、俺のことを嫌いになって逃げ出したのかと……」

「そんなはずはありません！　嫌いだったら、リュカス様にっ」

身体を捧げたりしない。と言いかけ、サラはあわてて口を引き結ぶ。

「……リュカス様に迷惑がかかるとか、気を回したりはしないです」

「俺に迷惑がかかるから、か。……水くさいな。サラの為なら、苦労すら楽しめるのだが」

「そんなお世辞で慰められても困ります。……見つかったら、その」

結局、話はどうしても、深い仲となった昨晩の件に絡んでしまう。

上手く表す言葉を探そうとする端から、思考が解けて行く。

サラは勢いよく顔を上げ、覚悟を決めて指摘する。

「昨晩のことを知られたら、大変なことになります」

騎士団長としての風紀を疑われる。そうなれば、王の寵愛も冷めるかもしれない。そんな危険な橋を渡って欲しいわけではないのに。

「事情はどうあれ、結果を見れば不適切な関係です。……皆に知られて、批難が集まる前に、お互い忘れて、なにもなかったことにしたほうがいいのではと」

一息入れたサラは、リュカスの真剣な眼差しに心を射貫かれてしまう。

「忘れてしまったほうが、いい、だと?」

口にするのも耐えがたいといった風情でリュカスがうなり、サラはギクリとする。

「リュ、リュカス様……」

なにか気に障ることを口にしたのだろうか。いや、サラの提案はいたって良識的で無難だ。黙ってさえいれば、昨日までの日々と同じ明日が巡ってくる。リュカスの未来から輝きは失われず、さらなる高みを目指すことができる。

──誰も傷つかず、誰も困らない。

絶対多数の幸せを考えれば、サラの恋情など些細なものだ。

どこかでボロを出してしまう前に、すべて媚薬のせいにして片付けてしまえばいい。

なのにリュカスは、それが気に入らないという風に顔をしかめ断言した。

「俺は、忘れるなんてできない」

力強い、故に後悔やごまかしなど微塵《みじん》もないリュカスの口ぶりに、逸らしていた視線を戻せば、逃げを許さない強い眼差しに囚われた。

声も出せず、緊張に渇いたのどをひくつかせていると、彼は颯爽《さつそう》とサラの前に膝を突く。

「俺は忘れたりしない。なのに、サラは忘れるのか。忘れられるというのか。なにもなかったことにできるのか」

人の上に立つもの特有の迫力に気圧《けお》され、視線も逸らせずにいると、リュカスはサラの手を取って見上げてくる。

「なにもなかったことになんか、できない」

「どうして、そう言い切れるのです。……昨晩のことは、なんの証拠もないのに」

二人の他は誰も知らないはずだ。否、知られないよう、サラは王宮から逃げ帰る時、誰にも見られないよう細心の注意を払った。

「夢だったかもしれないでしょう?」

苦し紛れで反論したと同時にリュカスが目をみはり、次いで、微笑と苦笑の入り混じった変な顔をした。

「……純潔を散らした血が、シーツに残っていてはな」

指摘され、サラは顔を真っ赤にしながら息を呑む。

自分が逃げることばかりに気がいって、部屋のことはまるで頭から抜け落ちていた。

サラがいなくても、情事に寝乱れたシーツや破瓜の血が残っていれば、誰だって察せられる。

「それに、サラの姿が夢だっ……」

「待って!　わかりました!　だから、もう、言わないで!」

細かい状況を語ろうとするリュカスを、悲鳴じみた声で制止する。

彼の部下か、掃除に入った侍女かは知らないが、誰かにあの痴態を想像されたかと思うと、身が小さくなってしまう。

たまらず手で顔を覆い羞恥に震えていると、リュカスがやるせなさげに息をこぼす。

「昨日のことは夢になんかできない。現実なんだ。サラ」

捧げ持つサラの手をじわりと握りしめながら、リュカスは一息に言い切った。

「俺と結婚してくれ。一生をかけて大切にする。だから」

「でも、そんな、私は……！　そんなつもりでやった訳ではなくて」

結婚へ向かう断崖絶壁へ追い込まれているのを感じながら、サラはうろたえ言い募る。

「私はただ、リュカス様を助けなくちゃって、それだけで、別に人生をおかしくするつもりなんかなくて」

どうしよう、どうしようと警鐘じみた叫びが脳裏を占める。

このまま結婚するなんてない。両親を失い、同時に男爵令嬢という地位も失った今では、実家の後ろ盾は期待できず、結婚しても彼の荷物になるしかない。

リュカスの人生を変えてしまうのが怖い。足手まといになるのが怖い。もっと具体的には。

(ああ、私、リュカス様の邪魔になって、嫌われるのが怖いんだわ)

この期に及んで、初恋に臆病となる自分に呆れてしまう。

彼と距離ができてしまったことは悲しいが、遠くから見ている分には嫌われることはない。

見つかることがないかわりに、見とがめられることもまたない。

好きという気持ちを後生大事に抱えて、自分だけの愉しみとして、いつまでも初恋を手に転がしていればいい。

そうして日々の生活を重ね、摩耗し、気持ちはいずれ色褪《いろあ》せていく。

だけど昨晩の出来事が、すべてを変化させてしまった。

周囲に知られた以上、関係を隠し通すことはできないだろう。

（なんて幼い覚悟だったんだろう……）

自分の衝動に打ちのめされる。なんて稚拙な決断だったのか。

サラは、リュカスを助けられればと思い身を捧げた。後のことはほとんど考えていなかった。

だがリュカスは違った。

何度もサラに立ち去れと告げ、厳しい言動で遠ざけようとした。

それは、人に知られれば、互いに望まぬ結婚をすると、わかっていたからではないか。

一時しのぎの解決が、互いの未来に、いや、リュカスの未来の妨げになると、そこまで読んでの言動だったのではないか。

（だとしたら、私は、なんて酷いことをしたのだろう）

リュカスに選ぶ余裕もなく、彼が媚薬に煽られ劣情に飢え苦しんでいるのも知りながら、サラは目先しか考えずに身を委ねた。

「私、どうすれば……」

つんとした刺激が鼻の奥に走り、目が潤む。

念頭になかった。媚薬から救う為だった。そんな名目をいくつ並べた処で、やったことは、彼に媚薬を盛り、情を結ぶことで結婚しようとした女と同じではないか。

溢れた涙が、花嫁の白い手袋ににじもうとした瞬間、リュカスの手がサラの頬に触れる。

「不本意な状況に困惑する気持ちはわかる。だが、頼むから泣かないでくれ」

壊れものに触れるようにして肌を撫でられ、気持ちが少しだけ落ち着く。

「そして、嫌だと言わずに、このまま俺と結婚してほしい」

優しい声で、リュカスは選択のない答えを迫る。

「これだけ街の人に知られたんだ。今、取りやめれば、不名誉で不愉快な思いをさせられる」

あえて確信をぼかしていたが、それはサラを責めないためだとわかっていた。

昨晩、リュカスがサラを抱いたことが明るみに出た上、王都中に号外新聞が配られ、結婚すると伝えられたのだ。

サラが傷モノとして見なされるのは勿論《もちろん》、それ以上に、リュカスは断罪されるだろう。

こともあろうに、騎士団長が己の執務室で乙女の純潔を奪ったのだ。責任を取らなければ汚名は免れないし、地位に相応《ふさわ》しくないと断罪される恐れもある。

一時の浅い判断で身を任せた上、処女血が残ったシーツも始末せず逃げたサラの落ち度だ。

「私は大丈夫です。だから、皆には私が悪かったという事で説明はできないでしょうか」

リュカスを結婚に縛る必要はない。サラが伝えると、彼はさっと顔を曇らせ否定した。

「そうも行かない。……昨日、俺は君の中に子種を放った。今、この瞬間にも実を結ぶかもしれない」

「えっ！」

純潔を捧げたという認識はあったが、その行為が子どもに繋がると知らされ驚く。

結婚や初夜についての知識は、恋愛小説の記述や女友達の愚痴でぼんやりと知っていたが、正しい子作りについてはさっぱりだった。

神の恵みだとか夫婦の愛だとかで誤魔化され、詳細な手順を習う前に、閨教育を担う母親を亡くしたので、具体的な方法については理解していない。

自分から調べ、興味を持てば、わかっていたのかもしれないが、サラはリュカスと結ばれないなら、知る必要もないことと放置していたのだ。

「あっ、あれが、ああなって……、子ども、が」

昨晩、自分の秘部を貫いたもののことを思い出し、顔を赤くし、だから、同年代の娘達は、意味ありげにめしべがどうのと内緒話をしていたのだと理解する。

「可能性は充分にある。あの媚薬は、異国の皇帝が子を孕ますために用いたらしいからな」

「孕ます……、って」

露骨な言葉で指摘され、恥ずかしさに震えていると、絶対に引かない厳しさで説得を試みていたリュカスが、急激に態度を和らげた。

「種が宿り、無事に月が満ちればそうなるだろう。……そして俺は、自分の子が知らない処で生まれるのも、母親となる女と結婚せずにいることも、よしとしない」

当然のように言いのけられた瞬間、安堵とも、失望とも言えない感情で胸が冷たくなった。

リュカスに父親はいない。それで辛い思いをしたのかもしれない。

だから子どもを無視したくないのだろう。

騎士としての名誉はもちろん、己のこだわりからも、リュカスはサラを斬り捨てられない。

(好かれていないのは悲しいけれど、でも、それはリュカス様も同じこと)

世の中には、好きどころか、一度も会った事がないのに結婚する人もいる。それに比べれば、片思いのまま花嫁になることなど、なんでもない。

それより、サラが思い悩んでリュカスを困らせるほうが問題だ。

サラは視線を窓の外にやる。

結婚を祝おうと集う人々のざわめきや、式を知らせる鐘の音がかすかに届く。

花嫁支度を手伝ってくれた女友達らはとてもはしゃぎ喜んでいたし、年かさの女たちは披露宴を彩ろうと腕を振るって料理を用意している。

ここまできて、なかったことになんてできるはずがなかった。

「頼む、サラ。……俺に責任を取らせてくれ。どうしても君と結婚したいんだ」

リュカスが悪いことなんて何一つないのに、必死に乞うてくれる優しさが辛い。

だが、くよくよ思い悩んでいても誰も幸せになんかなれない。

勢いよく頭を振り、サラは精一杯の微笑みを浮かべる。

「結婚します。リュカス様と」

気持ちに折り合いをつけるのは後回しでいい。

ともかく今は、少しでもリュカスに不利にならない形で、取り繕わなければならない。

「サラ」

望む形に納まった安堵からか、リュカスが感極まった様子でサラの手に口づけ、うわごとのように名を繰り返す。サラ、サラ。ありがとう――と。

そんなに困らせていたのかと切なさに胸をきしませた瞬間、教会の鐘が一際高く鳴り響き、幸運を示す白い鳩《はと》が青空を舞った。

結婚式に似つかわしい光景が繰り広げられる中、前の組の式が終わったと、焦りながらワーウィック夫人が戸を叩いた。

ためらいがちに差し出されたリュカスの手を取り、サラは自分を世界で一番幸せな花嫁だと念じながら立ち上がる。

ふと、なにか言いたげにリュカスが唇を震わせたが、結局、なにも言わずに黙り込んだ。

愛と神を賛美する曲がパイプオルガンで奏でられ、色硝子《いろがらす》を使った薔薇窓から入り込む光に華やぎを添える。

参列する人々は、歓びと祝福を絶やさない。

大司祭が誓いの言葉を述べ、指輪が交換され、花びらが空を舞う中、サラは幸せな花嫁を演じきることだけに集中する。

誓約となる接吻を促され、おずおずと顔を上げると、リュカスがまぶしいものでも見るような目でサラを見つめ、被っていたヴェールを持ち上げる。

まるで、自分しか求めていないような眼差しにどきりとし、見とれていると、みるみるリュカスの顔が近づき互いの唇が合わさる。

緊張で震えた弾みに真珠の耳飾りが落ち、サラは反射的に顔を横に向けてしまう。

「あっ……」

息を呑む気配に声を上げるももう遅い。二人の唇はたちまち解け離れ、張り詰めた空気が間に広がる。

意図せず拒むような仕草をしたことに青ざめると、リュカスが一度だけ唇を噛み、次の瞬間、奪うような激しさでサラをかき抱く。

小さく悲鳴を漏らしたが、参列者のどよめきは、それより遥かに大きかった。

リュカスは己の身の内に取り込もうとせんばかりにサラを抱き締め、どころか、のし掛かるようにして迫り、先ほどとは比べものにならない激しい接吻を浴びせかける。

「ん、ふ……ッ、う?」

驚きにリュカスの名を叫ぶも、声はたちまち舌ごと絡め取られた。

受け入れることを望むように深く侵入され、うろたえたのも一瞬、熱く艶めかしい感覚に心が奪われる。

ぐるりと口蓋を舐め回し、舌の付け根をあざとくくすぐり、手管もなにもかもめちゃくちゃに、けれど必死さだけは伝わる接吻に拍動が一瞬で昂ぶり荒れる。

恋い焦がれ、待ち望んだ女を手に入れたと言わんばかりの勢いに、サラだけではなく、参列している民らも固唾を飲んで見守ってしまう。

声どころでなく呼吸すら奪う口づけに、酸欠となったサラがふらつけば、すぐ腰に回された男の腕がすべての重みを受け止めた。

結婚式の最中であることも、場所が教会という神聖な場所であることも、すべて頭から吹き飛び、サラはリュカスの口づけに翻弄される。

ようやく唇が離された時には、神父も周囲も唖然《あぜん》として二人を見つめていた。

「やっ……、な……」

人々の視線に耐えきれず、身悶えしながらリュカスを押すと、それが合図だったように、口笛や拍手混じりの冷やかしが、聖堂の中で爆発する。

完璧な結婚式だと口々に褒《ほ》め称《たた》えられる中、肝心の新婦と新郎が物憂げな溜息を吐いたことなど、誰も気付いていなかった。


披露宴はリュカスの住む屋敷で行われた。

王都に駐在する第一騎士団長は、王宮と市場の中間にある屋敷があてがわれる。

歴代騎士団長専用の屋敷は、昔の王が有事に備え、騎士の集合や訓練を行う場所ともなるよう、公園の一部を切り開き建設したため、広い厩舎《きゅうしゃ》と中庭、ちょっとした森まで備わっており、人が集まるのに都合がよかった。

庭にありったけのテーブルと椅子を並べ、咲き初めの薔薇で会場を飾る。

部下、知人のみならず、王都中の民が祝いの品を片手に押し寄せる様は圧巻で、ついには、リュカスたちの部下と憲兵が、祝福代わりにと交通整理を買って出る始末。

昨日の今日で、料理も酒も街の人達の持ち寄りだったにも関わらず、庭に並ぶテーブルには食べきれないほど多くの皿が並び、菓子も、飲み物もたっぷりと用意していたため、食事目当ての野次馬《やじうま》も多い。

旬である子羊のパイに揚げジャガイモを添えたもの。

苺やベリーを練り込んだデニッシュやパイ、蜂蜜とバターを塗って焼き、皮をパリパリに仕上げた若鶏《わかどり》に、プリムラと呼ばれる花が入った白葡萄酒《ぶどうしゅ》のゼリー。孔雀《くじゃく》や蝶鮫《ちょうざめ》の卵といった高価な珍味こそなかったが、誰もが顔をほころばすごちそうが、そこらにある。

葡萄酒は樽《たる》ごと運び込まれ、ビールについてはそれ以上。

酔っ払って歌うものは数え切れず、足下を走り回る子どもらにびっくりするのもしばしば。

ともかく大変な騒ぎだ。

なにもかもが突然すぎて理解できない中、花嫁なりに作り笑いを浮かべるサラは、次から次に訪問客から挨拶を求められ、しまいにはなんの宴だったかわからない。

駆けつけた街の人々や騎士らは心からお祝いしてくれたが、貴族らしい人の中には、サラを値踏みするように不躾《ぶしつけ》な視線を送る者も何人かいた。

そんな時は必ず、リュカスが少し前に出て、サラを庇い守るように肩を抱いてくれていた。

おかげで挨拶の列は捌《さば》き切れたが、夕方になると、なんだかとても疲れてしまった。

客人の中に、面倒な人物を見つけたのか、リュカスがあわてふためく部下に呼ばれ席を外したのを切っ掛けに、サラは屋敷の中に入り安堵する。

中に入ったのは五年ぶりぐらいだが、ここはサラが幼少時代を過ごした家でもある。

騎士団長だった父の死で退去した家に、花嫁として戻ってくるなど思いも寄らなかったが、それでもなんだか懐かしい。

滑り台代わりにして乳母に怒られた階段に、夜になると顔が怖くなる武人の大理石像。

母が季節毎の花を飾った花瓶に至っては、擦れた金彩の模様までそのままで、成長したサラを優しく出迎える。

壁紙や絨毯といった品は綺麗で新しかったが、リュカスが住むようになって間もないからか、あるいは、手をつける時間がなかっただけなのか、屋敷の内装は父が生きていた頃のまま、あまり変えられていなかった。

疲れたなら、三階の私室に戻るといいと言われていたので、サラは子ども時代に自分が使っていた部屋へ向かう。

すると、近くから甲高い話し声が聞こえてきた。

サラが、と自分の名前が混じっているのにぎくりとし、よせばいいとわかっているのに、好奇心に負けて寄り道してしまう。

話し声は、女性用休憩室として解放されている居間から漏れていた。

廊下に飾られている鎧甲冑の影から中を覗くと、最新流行のドレスで身を飾った貴族の娘たちが集まっているのが見える。

「急に結婚だなんて、話がおかしいわよ」

息をまき、団結してうなずき合う娘達には見覚えがあった。

リュカスを慕う――具体的には、コンウォール公爵令嬢キャサリンと一緒になって、彼を追いかけ回していた令嬢たちだ。

「リュカス様の騎士団にいる兄様から聞いたけど、主計局の使いで出入りすることはあっても、直接、騎士団長とやりとりするような役職じゃないって」

「大したことないくせに！　港で見た時なんかひどかったわ。灰色の服にボロボロのバッスル！　髪もぐちゃぐちゃで身だしなみというものがなくて」

それは貴女たちが押して来たからでしょう。と言いたいのを呑み込み、サラは顔をしかめる。

リュカスを慕う女性たちは、口を開けばサラの悪口を連ねている。

「港でも転んだ振りしてリュカス様に抱きついて。事務の使いで来たとからしいけど、公私混同で色仕掛けじゃないの。身の程知らず」

「きっとはしたなく夜這《よば》いして、身体を使ってリュカス様を罠にかけたんでしょうよ」

夜這いという単語にぎくりとし、次の瞬間、サラは憤然としたものが胃を焦がす。

(我慢ならないわ。事情も知らず、勝手に妄想を吹聴《ふいちょう》して)

結果はどうあれ、昨晩のサラに不埒な意図はなかった。ただリュカスを助けたかっただけだ。

完全に純粋かと言われれば口ごもるが、少なくとも、人に迷惑をかけてまで男を追い回し、足の引っ張り合いを繰り返す娘たちから、悪様に罵られる言われはない。

嫌味なほど幸せな顔を貼り付け、どうされましたかと声をかけてみようか。

腹立ち紛れに空想し、すぐサラの気持ちはしぼむ。

（リュカス様からすれば同じ事だわ。不本意な結婚を強いたのだもの）

式どころか、披露宴が閑散としだす今まで、リュカスはサラを大切に扱った。

一番にサラの好物を見つけ、喉が渇けば果実水を差し出し、無理な乾杯はそつなく断る。

酔っ払った男性客が悪戯でサラの背中を撫でた時には、怖いほど嫉妬を剥き出しにして、警告した。演技だとわかっているサラでさえ、本当に愛され、結婚したのかと勘違いするほど。

だけど違う。

リュカスは大人で、サラよりものが見えている。

だから期待される役を、きちんとやり抜いているだけだ。

（勘違いしてはだめ）

必死に自分に言い聞かせていると、娘たちは売女《ばいた》、娼婦、卑劣な女と、サラの悪口を加速させていた。

「キャサリン様がかわいそう」

唐突に話が飛んだことに首をひねると、一番声が大きかった娘が手を打った。

「ああ、あの話！　リュカス様との縁談がまとまりそうだったんでしょう？」

披露宴が行われているという気遣いもなく、あけすけに話された内容に、サラはその場で固まってしまう。

「爵位授与も絡んでいて、国王陛下も乗り気だって噂は聞いたわ」

「遠征が終わり次第、話を詰めることになっていたらしいけれど、美女とコンウォール公爵位が持参金だなんて、断るわけないじゃない」

頭を殴られたような衝撃が走り、目の前が暗くなる。

娘達の噂話が遠くなる変わりに、心臓がどくっどくっと脈動する音ばかりが鼓膜に響く。

（縁談が、まとまりそうだった。公爵となれる縁談が）

平民から貴族の最高位である公爵になる。

間違いなく大出世だ。

サラの結婚とは比べものにはならない慶事で、街どころか国をあげての祝いになる。

自分の迂闊《うかつ》さが、歴史に残る栄光を打ち消したのだ。

（あの時、リュカス様が望んだように立ち去っていれば）

冷たいものが爪先から頭までを突き抜け、みぞおちが剣で貫かれたように痛む。

己の犯した過ちに震える中、容赦も手加減もなく娘達はサラに追い打ちをかける。

「王に仕える上位貴族の間では公然の秘密だったみたい。でも、その話を耳に挟んで、思いあまって媚薬を使った子がいたとかなんとか」

「いっそ泥棒猫のような真似をしてもと、思い詰めたのでしょうが……普通でしたら、実行しませんわよねえ」

サラは逃げるようにして場を離れ、子どもの頃の記憶だけを頼りに、私室へ辿り着く。

扉を開け、転がり込むようにして部屋へ入ると、やはりそこも、サラがいた時と変わらぬまま残されていた。

淡い藤色のカーテンや、薄桃色の天蓋がついたベッド。

少女趣味な家具も、抱いて眠った熊のぬいぐるみも変わらないが、先ほどとは違い、何一つ慰められない。

どころか、大人になっても子どもの頃と変わらぬまま、リュカスに迷惑を掛ける娘でしかないと突きつけられるようで、つらさが増す。

違う部屋へと思ったが、昨晩ほとんど寝てないことに加え、披露宴で勧められた酒が今頃になって効いてきた。

ぐらつく世界の中、喘ぐようにしながら息を継ぎながら、サラはソファへ歩み寄る。

苦しい。なにもかも捨ててしまいたい。その一身でサラは花嫁衣装を脱ぎ落としていく。

だけど、他人の手により締め上げられたコルセットはどうにもならず、端を少し緩めただけで指が疲れてしまう。

酔いはますますきつくなり、手も足もおぼつかない。

ベッドまで辿り着くのがおっくうで、膝を突き、ソファの座面に身を投げ出し目を閉ざす。

一時間だけでいい。とにかく、なにも見たくないし聞きたくない。

現実逃避なのはわかっていたが、急すぎる環境の変化に、心も身体も悲鳴を上げていた。

――次にサラが目を覚ましたのは、宴も終わり、日が沈んだ後だった。

昼間、結婚式を挙げた教会の鐘が就寝を告げる音で、意識が戻る。

現実と向き合うのがおっくうで目を閉じていると、いたわりに溢れる手が頭を撫でていた。

とても心地いい。ああ、これは――。

「父様?」

子どものころそのままの口ぶりで名を呼ぶと、ふ、と切なげな吐息がこぼされる。

父ではない。だったら誰だと言うのだろう。

「リュカ……?」

まさかと思う。

彼は騎士になるため、遠くにある騎士養成士官学校へ入学したのだ。

次に会う頃には大人になっていて、小さいサラのことなど忘れている。

だけどサラの記憶を裏切るように、焦がれる男の声がした。

「起きたのか、サラ」

気遣いに満ちた声にうなずき、そこで、自分がベッドではなく違うものの――温もりを持つしっかりしたものの上に頭を寄せていることに気付く。

「すっ、すみません! 私」

両手をついて起き上がった瞬間、酷い頭痛に襲われ、サラは思いっきり顔をしかめてしまう。

「無理するな。……急に起きると身体に悪い」

でもお客様がと口にしかけ、そんな時間ではないことに気付く。

部屋は薄暗く、蠟燭《ろうそく》と、窓から入る月光以外、頼るべき光はない。

月の位置から、日付が変わる前だとわかるが、何時ぐらいだろうか。

「私、どれだけ眠っ、て」

「五時間というところか。まずは水を。……酔って寝込んだんだ。喉も身体も乾いている」

サラがどんな体調なのか見抜いたリュカスが、ベッド脇に用意されていた水差しとグラスを手に取った。

ほどなくして冷たい水が差し出されたが、考えが追いつかないサラは、浮かぶレモンの薄切りと薄荷の葉をみつめていた。

「動くのが辛いなら、飲ませてやろうか」

グラスがリュカスの口にあてられ、透明な滴が唇を濡らすのを見て、あわてて身を離す。

口うつしされて冷静で居られる気がしない。

結婚式の接吻だって、充分に刺激的だったのに。

再び失神したくなかったサラは、あわてて首を振る。

「い、いえ……。大丈夫、です」

男らしく喉仏を上下させて、水を飲み干したリュカスは、サラの手にグラスを渡し、その上から自身の手を重ねた。

「遠慮するな。結婚したんだ。辛いことがあればなんだって……」

寝る寸前に聞いた娘達の会話が、雑音となって心を揺らす。

公爵令嬢との縁談があったという話だ。

本当かと確かめたい気持ちを呑み込み、サラは頭を振る。

確かめてどうしようというのだ。そうだと言われればお互いが気まずくなるだけなのに。

「いえ、本当に。お手数をかけてしまって」

冷静になって考えなければと立ち上がった途端、サラの肩からなにかが滑り落ちた。

音に釣られて足下へ目を向けると、リュカスのマントが床に落ちている。

「えっ……?」

どうしてそんなものが落ちたのだろう。

不思議に思って首を傾げたサラの背中を、解けた髪の毛先が撫でる。

急いで壁にかけてあった姿見に目をやれば、シュミーズにコルセットという、あられもない姿をしている自分が映り、サラは気が動転してしまう。

(そうだった。私、婚礼衣装から部屋着に着替えようとして、途中で力尽きて……)

あわあわと口を開閉させるサラの横で、リュカスが耳まで真っ赤にして顔を逸らす。

「すまない。その、部屋に入るのは不躾だとわかってはいたんだが、サラが苦しそうにうなされていたから。つい」

事情はどうあれ夫となったのだ。妻の部屋に入るのに不躾などないのに、律儀にリュカスが説明する。

「昨晩の影響で体調を崩したのかと、心配した。……医者には、酔い潰れただけですと呆れられたが、やはり、気になって、側にいたくて」

どこかやるせなげに嘆息し、リュカスが落ちたマントに目をやった。

「側にいたら、その姿では寒くないだろうかとか。うなされているのは俺のせいかと気になって。……気分を害したのなら謝罪する。許してほしい」

「そっ、そんな大げさなことではなくて。……あの、その、まずは服を」

箪笥をみつけ、羽織るものでもと考え気付く。

――この部屋は、サラが屋敷を去った時から使った形跡がない。

掃除はされていたが、家具も、ぬいぐるみもそのままなら、当然、服だって十二歳の時のまま入れ替えられていないか、普通なら捨てられているだろう。

素肌を隠せればと、両腕で身体を掻《か》き抱《いだ》こうとして、サラは素っ頓狂な声を上げてしまう。

「いっ……痛ッ、っ！」

寝ている時に、コルセットの編み上げ紐と髪が絡んでしまったのだ。頭皮が引きつる痛みにサラは顔を歪ませる。

「サラ！」

一息も立たぬ間に、血相を変えたリュカスが立ち上がる。

「大丈夫です、あの、髪が絡んだだけで……ッ」

手で絡んだ髪をひっぱると、ぷつぷつと根元から抜け、痛みが続く。

もう泣いてしまいたい。今日は一日、本当に散々だ。

肩を小さくし、震える吐息を綴《つづ》っていると、リュカスが素早く背後に回る。

「サラ、引っ張るのをやめろ。……痛むだろう」

途方に暮れ、困ったような男の声色に、ますます泣きたくなってきた。

ドレス一つ、まともに脱げないなんてみっともない。

喉を迫《せ》り上《あ》がる嗚咽《おえつ》を無理に呑み込み、背に回した手でコルセットと格闘していると、声を掛けるどころか、息をすることさえためらっていたリュカスが、そっとサラに手を伸ばす。

少しだけ欠けた月の光が、床に落としたサラの視界に、男の手を影として描く。

ほっそりとしていて、それでいて筋肉が付いているのが見て取れる、綺麗な輪郭を持った手がサラの肩に向かって伸ばされ、迷いを表すように二、三度指が空を掻き、やがてサラの影と男の指の影が繋がる。

息を詰めたのと、肌に自分のものでない熱を感じたのは同時だった。

おずおずと離れた指は、次の瞬間、より大胆にサラの肌を辿りだす。

それは不思議な感覚だった。

昨晩、知ったばかりの甘美な震えが背筋を伝い上がったのだ。

(媚薬の作用が残っているのかしら。そういえば、リュカス様も、昨晩の影響で体調を崩したとか言っていたけれど)

わななき震えたがる身体を理性で抑え、唇を引き結んで我慢していると、肩から背へとたどりついた指先が、すっとうなじまで撫でて離れた。

いままでそこにあったぬくもりが消えた瞬間、どうしようもない寂しさが胸を満たし、サラはたまらず声をこぼす。

「……ぁ」

物惜しんだような、儚《はかな》く、甘えた響きにうろたえ、唇を引き結んでいる間に、指は、髪を掴んだままのサラの手の甲をかすめ、許しを請うように肌を二度叩く。

「動くな。俺が解く」

魔法のように手から力が抜け、男の手に絡まった髪束が落ちる。

大きな声を出せば、サラか、あるいは自分が消えそうだと言いたげな声にうなずき、黙っていると、女のものより大きく、骨のしっかりした指が器用に髪をかき分ける。

絡んだ髪が解け、紐が緩んだコルセットが身体から滑り落ちた。

「取れた」

端的に告げられ、ともかくお礼をと振り向いたサラは、信じられないもの目にした。

リュカスがサラの髪を手に受け止めたまま持ち上げ、唇に当てていたのだ。

熟し始めの苺に似た薄紅色の髪を指に絡め、うっとりと目を伏せる様子は、春霞《はるがすみ》にぼやける月光の中、ひどく気怠げで、それでいて艶めいていて——とても美しい。

まるで敬愛する女王の裾に、口づけ、忠誠を誓う騎士のようだ。

物語めいた光景に鼓動が乱れた。

好意を抱く相手であればなおさら、サラの気持ちは昂ぶり、理性が混乱してしまう。

（どうして私に……）

——リュカスが望んだ結婚ではなく、自分は名目上の妻なのに、どうして恋を秘めた眼差しを向けるのだろう。

思えば、結婚式の時の口づけだってそうだった。

耳飾りを落としたサラが唇を解き、それを理由に、二人の結婚が成り行きであると見破られたくなくて、ああして激しく求めたのだと納得していた。

けれど、別の意味もあるのだろうか。

じっとリュカスの顔に見入っていると、彼はサラの視線に気付きまぶたを開く。

さらさらと音をたて、薄紅色の髪がリュカスの掌から落ちた。

沈黙を挟んだ後、リュカスは緊迫した空気をそのままに、表情だけを微笑みに変えた。

「寒いだろう。寝室からガウンを持ってくる」

取り繕うみたいに口にし、リュカスがきびすを返す。

「待って！」

考えるより先に身体が動いていた。

サラは距離を置こうとしていたリュカスの手首を掴み、向かい合う。

「あの、今日は。昨晩の、ことは……結婚」

聞きたいこと、話したいことがありすぎて、上手くまとまらない。

口をもごつかせていると、心配する子どもをあやすように、リュカスはサラの頭を撫でる。

手を放せといいたげな仕草に顔を歪めると、リュカスはすぐさまサラを抱き寄せた。

「あっ……」

「すまない。傷つけるつもりはないんだ」

サラの肩口にぐったりとした仕草で顔を伏せ、リュカスが弱った声を出す。

「だが、俺に余裕がないのもわかって欲しい」

いいしな、首筋にあった手を下ろし、やんわりとサラの乳房を包む。

故意とも偶然とも言える動きに、サラの肌が沸き立ち、産毛までもが震えざわめく。

あわてて両手で胸を覆おうとするが、絶妙の間合いで払われる。

「ッ、……う」

「鼓動が、早いな。……期待していると誤解しそうだ」

サラの左胸に置いた手越しに、心臓の動きを感じていたリュカスが目を細める。

色香じみた顔を見せつけながら、リュカスは時間をかけて揃えていた指を開く。

「あっ……ッ、ん」

うろたえた声が変に甘い。

急に淫靡さを増した空気がいたたまれず、視点を変えると、胸の花蕾が開いたリュカスの指に挟まれようとしていた。

尖端に触れられればどうなってしまうか。どれだけ自分が乱れるか。

昨晩の情事が頭を過り、サラは怯えると同時に興奮していた。

肌を覆うシュミーズが指で押し広げられ、浮き出した汗で湿った布地が肌に張り付く。

炎が蠟燭を燃やすのと同じじれったさで、リュカスの指の間隔が狭くなり、挟まれている乳首の形が暴かれていく。

布はもう乳嘴を押しつぶさんばかりに密着し、卑猥《ひわい》に色づいた紅が透けてみえていた。

唇を震わせ喘ぎながら、サラは自分がわからなくなる。

このままなにもわからなくなるほど、快楽でめちゃくちゃに乱してほしいと願う破滅的な思考と、これ以上、リュカスに身体を許して、もっと酷いことが起こったらどうしようという不安との間で、心が揺れる。

結婚したのだ。彼には妻を抱く権利があるし、一度も二度も同じだろう。

そう思う反面、身体の関係だけをよすがにしたくないと思う。

決断を急かすように腰が強引に引き寄せられ、リュカスがサラに身体を押しつけた。

男の昂ぶりが腹を抉《えぐ》り、突然、肌を犯した生々しい欲情に、サラが身を強ばらせ目を閉じる。

「やっ……」

反射的に拒絶の声を上げれば、リュカスは触れていたのが嘘のように素早く身を引いた。

よろめきながら一歩下がると、やるせなさに顔をしかめリュカスが口を開く。

「怯えさせたな。……サラ。初夜とはいえ、気持ちがないのに無理強いする気はない」

必死に呼吸を整えようとするサラの前で、リュカスは道化じみた仕草で肩をそびやかす。

「だが俺も男だ。抱いた女がしどけない姿で目の前にいれば、理性など土塊より脆い」

いいながら、騎士らしい律動的な動きできびすを返し、リュカスは背を向けた。

「ガウンは、女性使用人に届けさせることにしよう。……今晩は、ここでゆっくり休め」

部屋を出て行こうとしていたリュカスは、扉の前でためらい、付け加えた。

「できれば、お互いに、この状況に慣れていければいいと、俺は思っている」

どうしてか寂しそうな顔を見せたが、それが現実か、あるいは、窓から差し込む月光が見せた幻かわからなかった。

確かめることをためらうサラを置いて、リュカスは部屋から姿を消していた。

第五章　甘くて優しい新婚生活

盛大な結婚式から二十日が経《た》った。

華々しく、王都中の話題をかっさらった式とは裏腹に、サラとリュカスの新婚生活は穏やかに続いていた。

（バターひとかたまり、小分けにしたきのこ、胡椒《こしょう》が少々）

昨晩、リュカスの帰りを待つ間に読んだ、料理本の内容を思い出しながら、サラは真剣な目で火の強さを調整する。

「火加減は中火……と」

スプーンに掬ったバターを、ぎこちない手つきでフランパンに落とすと、じゅっという音がして辺りにいい匂いが広がる。

場所は屋敷にある台所だ。

匂いが籠もらないように、半地下から一階まで吹き抜けにした台所の天井は高く、大きな窓から入る朝日が、棚に並べられた皿や、壁にぶら下がる銅鍋を輝かせている。

「がんばっておられますね」

フライパンに加えたきのこを炒《いた》めていると、裏庭に続く勝手口が開き、家政婦長のミルテが葉野菜の籠を片手に側へ来る。

「妻になったんですもの。いつまでもミルテに甘えていられないわ」

木べらでフライパンの中身を炒めつつ答えると、ミルテが口元をほころばす。

リュカスは、家の内装同様に使用人にも手を加えていなかった。

騎士団長だった父が住んでいた頃と同じく、家政婦長のミルテに始まり、家令のジョージや、馬丁や庭師に至るまで、顔ぶれは四年前と変わっていない。

ただし、掃除や晩餐《ばんさん》担当の侍女は住み込みから通いと、勤務形態を変えていたので、朝と昼、それにちょっとしたお茶菓子は、家政婦長であるミルテの担当とされている。

今まではリュカスが独身で、尋ねてくる者も騎士団の部下ばかりだったので、それで事足りていたが、結婚を機に社交が盛んになるかもしれない。

経緯はどうあれ、結婚したからには、リュカスにとってよい妻でありたい。

眠れない初夜を過ごす中で考えた。自分がリュカスになにをできるかを。

——不本意な結婚でも徐々に慣れればいいと思っている。

リュカスはそう語ってくれた。

それは取りも直さず、サラとの関係を形だけにしない。よいものにしようと考えているということではないか。なのに、自分がなにもしないのでは申し訳ない。

お互いの感情はともかく、対外的には熱愛の末の結婚とされているのだ。

自然に妻を演じられる程度には、この生活に馴染んでおきたい。

しかし、ちまたの令嬢が修道院や女学校で花嫁修業をする年頃の時、サラは母の看病や仕事に明け暮れ、家政の知識はほとんど学ばなかった。

王都の集合住宅や下宿には、きちんとしたオーブンやコンロが備わった台所がないのだ。

露店で買った料理を温めたり、お茶を沸かしたりはできるが、本格的に調理ができ、パンが焼ける設備となるとほとんどない。

仮にあったとしても、びっくりするほど家賃が高いだろう。

家庭料理とは、家を買えるものだけの特権で、若い独身者や貧しい世帯は、露店の惣菜《そうざい》で食事を住ませるのが基本だ。

例に漏れず、サラも掃除や洗濯はできるが、料理についてはからっきし。

だからこうして、朝ごはんなどの簡単なものから、ミルテに習うことにした。

「昨日は失敗してパンを焦がしてしまったけれど、今日はちゃんとできたし。この調子で卵料理と主菜も完璧に仕上げたいの」

「真面目ですね。いずれ伯爵夫人となられるのですから、人を雇って寝ていてもいいのですよ」

少しだけ呆れながら、ミルテは採りたての野菜を洗い泥を落とす。

「そうだけど。……当面、引っ越さないと思う」

リュカスなら、ここより大きな屋敷に住むなど造作もないし、使用人を揃えるのも苦ではないだろう。

実際、歴代の騎士団長で資産のあるものは、もっと賑やかで便利のいい場所に家を借り、仕事で泊まり込む時以外は、この屋敷を訪れないという者もいた。

けれどリュカスは、職場に近いことや毎日の鍛錬が楽だという理由で、ずっとここに住んでいるらしい。

ミルテや家令のジョージが言うには、色々と思い出深いからではないかとのこと。

昔からリュカスがサラを好きだったような誤解に、違うと訂正しかけ、結局は黙っていた。

結婚したのだから、周囲がそう勘違いするのは当然だし、変なことを言って、二人の間に愛がないと気を遣わせるのも悪い。

それでなくとも、貴族令嬢たちは『サラが身体を使って、リュカスを結婚の罠にはめた』と考えているのだ。

馬鹿正直にすべてを話し、彼女らに、それみたことかと後ろ指を指される真似をして、リュカスを困らせる必要はない。

最初から計画していない、考えもしなかったことだが、結果を見れば同じこと。

一夜限りの夢を望んだのは本当だし、こうしてリュカスを結婚に追い込んだのも事実だ。だけど、慣れていければいいとリュカスが考えているのなら、サラだって、この結婚に傷を入れる真似はしたくなかった。

(爵位や後ろ盾はどうにもならないけど、妻として、なにか支えられるようにはなりたい)

料理や家政など、貴族となる男性にとってはどうでもいいことかもしれないが、少しでも、この結婚に喜びや幸せを見いだして貰えればいいと思う。

(子ども、は……無理かもしれないから)

責任を取る。知らない処で、自分の子どもが生まれるのは嫌だ。

そう主張され結婚を承諾したが、婚礼翌日に月のものが始まり、リュカスの子が宿っていないことがわかった。

あんなに狼狽したというのに、サラは自分でもおかしいぐらいにがっかりした。

愛されなくても、好きな人の子が産めることに期待を抱いていたのもあるが、なにより、リュカスの伴侶でいる理由の半分が失われたのだ。

やはり公爵になりたいと、手切れ金を渡され、離婚を乞われる未来が怖い。

誠実で優しいリュカスがそんなことをするとは思えないが、公爵令嬢キャサリンとの婚礼に国王が乗り気だという話がひっかかっていた。

なんのかんの悩みながら、サラはこの生活を続けたいと思っているのだ。

リュカスは夫として理想的だった。

結婚式の翌日から寝込むという失態を犯したサラに、無理はするな、どうすれば苦しくないかと暇があれば寄り添い、身体を起こせば水を差しだし、食事の時間は側で介助したがった。

初めて飼うひな鳥の面倒を見るように、野菜や肉を細かく切り分け口元へせっせと運ぶ。

スープが熱くて汗ばめば、すかさず窓を開け、肌を拭いてやろうかと待つ。

気晴らしにと本を朗読してくれたり、枕元であやとりなどの手遊びを二人でしたり。

子どもの頃に戻ったような甘やかしぶりに、ついにサラが、一人でできます！　と音を上げた時は、大切な玩具《おもちゃ》を取り上げられたみたいにしょんぼりしていた。

（似たようなものかもしれないけれど）

お互いを理解し、近づくことで結婚をよいものにしたいのだろう。

そして他人として始めるよりは、幼なじみとして過ごした日々から続けようと考えるのは、ありえる事だった。

問題は、サラが十歳の女の子ではなく、もう大人なのだと言うことなのだが。

そうして優しく甘い日々が続いていたが、夜の営みはまったくなかった。

（初夜とはいえ、気持ちがないのに無理強いする気はない。だったら、初夜でもない日に、気持ちがない妻を抱く気はもっとない。……多分、そういうこと）

自分勝手な思考だな、と思う。

媚薬で抱かれ、結婚を望まなかった時には、一夜の思い出にしよう。これっきりで構わないと割り切れていたのに、結婚した途端、これだ。

男女として親密な夜を過ごすことに障害がない。だから、抱かれないことが寂しいと思う。

(夫婦という関係には慣れたいけれど、男女としては別《べつ》ってことなんだろうな)

家族にはなれても、恋人にはなれない。

それはそれで辛いと思う。

好きな人が側にいて、大切にされて——でも、心を委ねられることはない。

いっそ自分から誘おうかと、自棄気味に思うこともあるが、恋愛や交際を飛ばして、身体の関係から夫婦を始めたサラには、手練手管の経験がない。

そうしてぼやぼや悩むうちに、二十日も過ぎてしまった。

(そろそろ、ミルテたちも変に思い始めるだろうし)

そんなことを考えていたからだろうか、上の空でサラの手が止まっていた。

「お嬢様……いえ、サラ奥様。豚バラの肉の燻製《くんせい》をお忘れですよ」

昔からの使用人だからか、子どもの頃の呼び方を言い直しながら、ミルテが肩越しに覗き混み注意する。

一瞬で現実に引き戻されたサラは、驚きながら聞き返す。

「きのこが先じゃなくて?」

どうしようとサラが焦りだすと、わかっているという風にミルテは肩を叩いてきた。

「今入れてしまいましょう。カリカリにはならないですが、味はそんなに変わりません」

言うなり、刻んだ燻製肉でいっぱいの器を、フライパンの上でひっくり返す。

「美味《おい》しくなかったらどうしよう」

「大丈夫ですよ。旦那様のことです。奥様が作られたものなら、干からびたハムでも美味《うま》いというに決まってます。……ね？」

同意を求めるようにミルテが背後を確認していたが、集中しているサラは気付かない。

「ああ、大丈夫かしら。本当に、上達しないと」

「大丈夫です。まだ、始めて一週間ではないですか」

呆れと微笑ましさをない交ぜにした顔で、洗った葉物を皿に取り分けていく。

「さ、火が通ったら、この上に乗せていって下さい。先日みたいに一皿だけ多すぎないよう気をつけて」

教えながら、ミルテはスープ鍋を温めにかかる。

サラは野菜の上にできたばかりの炒《いた》め物《もの》を載せる。見栄えだけなら合格だ。

先日のように消し炭にも、火が通り過ぎてしなびたりもしていない。

これに鶏胸肉の冷製と、ミルテのコンソメスープがつけば完璧だ。

（ついに、今日はちゃんとした朝食を完成させられたわ）

ぐっと両手を胸元で握っていると、背後でミルテが怪訝な様子で尋ねて来た。

「お嬢様、ゆで卵は今始められたばかりで？」

「えっ……！　やだ！　忘れていたわ」

急いでコンロのほうへ戻り、小鍋の柄をひっつかむ。

いつもは慎重なサラだが、失敗にあわてるあまり、鍋をひっくり返し悲鳴を上げる。

ぶわっと湯気が視界を奪い、ついで、盛大に熱湯が跳ねかかる。

火傷《やけど》する。

そう思った瞬間、足音とともに影が差し掛かり、次いで、力強い腕に腰を取られた。

「っ……！」

ぐいっと後に引っ張られ、広く、しなやかな胸板で背が支えられる。

一拍遅れて、生姜と松脂のツンとした、けれど深みのある男の香りがサラを包み込む。

「あ……」

記憶によく馴染んだ芳香に包まれ、サラは安堵とともに、自分を庇った者の正体を知る。

ざわりとしたものが肌をわななかせ、血液が熱と勢いを増し巡る中、サラはためらいがち唇を開く。

「リュカス様」

「怪我《けが》はないか」

サラを抱く腕に力を込め、白くけぶる湯気までも近づけないようにしてしまいながら、リュカスが問う。

だが、落とした小鍋や湯の熱さより、密着していく、リュカスの身体のほうが気になる。

朝から剣の鍛錬でもしていたのか、黒いズボンにシャツ姿だが、胸元が大きく開かれているので目のやりどころがない。

サラも朝食を準備するのに動きやすいようにと、ブラウスにバッスルのないスカートという薄着なので、よけいにリュカスの体つきや熱がわかってしまう。

答えきれずにいるサラの手を小鍋から剥がし、リュカスは真剣な目で確認しだす。

指先で掌や甲を撫で探られ、サラは変に落ち着かない。

怪我がないか診ているだけなのに、リュカスの手つきが丁寧すぎて、違う意味があるように思えてしまう。

愛しいものに触れ、知ろうとしているような——愛撫をどこまで許されるか、密かに試しているような。そんな感じが。

肌に自分の手の感触を覚えさせようとする触れ方に、鼓動がどんどん乱れていく。

相手の顔は見えないが、男の視線が手にあると意識するだけで、身体が熱をもち気が落ち着かない。

（……まるで、あの夜みたいな）

慣れない感覚が、リュカスと肌を重ねた夜に結びついた途端、サラは堪らず身震いする。

いやらしい。朝からこんな風に誤解するなんて。

（これでは、身体を使ってリュカスを籠絡したと言われるのも当たり前）

嘲笑《あざわら》っていた女達と同じように、リュカスから軽蔑されるのが怖い。

淫らな反応に気付かれないよう、サラが身を小さくしていると、頭上でどこか切なげな吐息が落とされた。リュカスだ。

彼は、まるで自分の中に閉じ込めるようにして、サラの手を握り込み、そのまま顔に引き寄せ、そっと唇に触れさせた。

柔らかく、滑らかな唇が手の節をかすめたと同時に、下腹部が甘く疼き、サラはますます身を固くする。

リュカスはサラの肌に触れさせた唇を、なにか告げるような動きで震わせていたが、サラがびくっとして手を引いたのを切っ掛けに、あっけなく解放する。

（あ、また……）

初夜の時もそうだった。否、それ以外の時も。

二人の間に親密な空気が流れそうになり、サラがなんらかの反応を示すと、彼は嘘のように距離を取る。

（やっぱり……。そういう意味では、妻になれないのかな）

しくりと痛み出した胸を押さえ、彼から一歩離れうつむく。

「……リュカス様」

ためらいがちに名を呼んだのは、サラではなく、部外者となっていたミルテだった。

彼女は、ぞうきんが先についたモップを片手に呆れている。

「ごっ、ごめんなさい。はしたない処をお見せして」

あわててミルテに頭を下げるも、彼女はサラではなく、リュカスにしかめっ面を見せつけた。

「それ、片付けてくださいね」

見れば、水浸しとなった床に、先ほどミルテが泥を落としたじゃがいもが散らばっている。

「ああ、すまない。ぶつかって落としたようだな」

苦笑まじりにモップを受け取り、リュカスが落ちた野菜を拾いだす。

「まったく。練習にならないから、見ているだけと約束したでしょう」

「つい、な」

まだぶちぶちと文句を言うミルテを前に、サラは恐縮しながら片付けを手伝う。

「旦那様が屋敷の台所に入るなんて、行儀の悪いことなんですからね」

「ミルテ。そうは言っても、子どもの頃から馴染んだ場所だし。……なにより気になるだろう。新妻が俺のために料理をがんばっている姿は」

さりげなく惚気《のろけ》られ、ますます手が覚束《おぼつか》なくなる。

周囲に対する新婚の演技だとわかっていても、心臓に悪い。

どうやらリュカスは、朝の鍛錬後に勝手口から台所へ入り、サラの奮闘を見ていたようだ。

(やだ。……いっぱい失敗した上、そそっかしく怪我しそうな処まで知られたなんて)

サラは消えそうな声でリュカスにお礼を述べ、急いでじゃがいもを拾い集める。

「これ、朝ごはん用じゃないわよね?」

「もちろんですとも。夕食用に水につけて下ごしらえしておこうかと」

「あ、じゃあ。それも手伝います」

ゆで卵を水で冷やすかたわら、ナイフを取る。

にんじんやたまねぎは練習したが、じゃがいもの皮剥《かわむ》きは初めてだ。

同じだろうと削《そ》いでいると、すぐにリュカスが側に来た。

「手つきがあぶなかっかしいな」

「ごめんなさい。すぐ上達できるようにがんばりますから」

うつむいたまま早口で言うと、彼は少しだけ黙り込み、それから一歩下がる。

素っ気なかったから、かわいげがないと思われただろうか。

サラが内心で後悔していると、リュカスが背後から腕を伸ばしてきた。

「教えてやる」

短く告げるなり、サラの手に自分の手を添え、魔法のように操っていく。

「こうやって少しずつ、ちぎるようにして。……滑らかなところは林檎と同じでいい」

一緒になって手を動かし伝えるが、その度に、耳に息がかかるので、くすぐったいやらぞくぞくするやらでたまらない。

緊張と羞恥で震えそうになるのを堪え、なんとか集中しているうちに、籠のじゃがいもはなくなっていた。

「私、駄目ですね。こんなこともできなくて」

料理に采配を振るうことが良妻の条件ならば、リュカスのほうがよっぽど上手い。

なにをするにしても完璧な人だなと、憧れ半分、自分の至らなさに落ち込み半分でいると、リュカスはサラの頭に手を置き、慰めるようにくしゃくしゃと髪を乱した。

「やる機会がなかっただけだろう。俺は、市井にいた頃、手伝いで母どころか、近所のおかみさん達からもこき使われていたし。遠征に出れば男でも料理するからな」

サラが悪いのではないとさりげなく示しながら、リュカスは続ける。

「難しいなら、スプーンを使ってもいいんだぞ。……今度はそっちで教えてやろうか」

「はいはい。いちゃつくのもそれぐらいにしてくださいよ。でないと、折角《せっかく》の朝食が冷めてしまいます」

仕上がった料理を手に、ミルテは台所の隣にある使用人食堂へ運ぶ。

「いちゃついては……」

「いいんです、いいんです。新婚ですからね。そういうものです」

困っていると、リュカスは上機嫌で口笛を奏で、サラのこめかみへ唇を落とす。

「ひゃっ……！」

あわてて飛《と》び退《の》き振り向けば、リュカスはミルテを倣い皿を運んでいた。

（多分、冗談。……ミルテが見ていたから、仲よくして見せただけ）

変な期待をしてしまいそうな自分に言い聞かせ、サラも朝食の準備を進める。

上階にちゃんとした食堂もあるが、食事はミルテや家令のジョージと、使用人食堂で摂《と》るのが習慣になっていた。

手間が省けるし堅苦しくないからと、リュカスはずっとそうしているらしい。

やがて食卓が整い、ミルテとジョージ、サラとリュカスが向かい合う形でテーブルを囲む。

いつも通りの朝食の席に、当たり障りのない会話。

だが、終わりに差し掛かった頃、いつもと違う流れになった。

「……舞踏会への招待、ですか？」

「結婚したばかりな上、まだ身も落ち着かないと言って断り続けていたんだが、……どうしても出席する必要があるらしくてな」

渋い顔でリュカスは皿をつつく。

気乗りはしないが、出席を断るのが難しい相手なのだろう。

騎士団長という社会的地位を持つ以上、当然ながらリュカスには社交の誘いがある。

大半は、騎士団の業務や舞踏会警備を理由に逃げていたが、相手が高位貴族や将軍では無下にできない。

騎士団長から、王直属の近衛騎士団長、さらには将軍と出世する為には、顔を売るのも仕事だ。

リュカス当人は出世に野心はない口ぶりだが、末は軍の総帥と目される身だ。

変に敵を作り、政治的な駆け引きで負ければ、部下を激戦区へ送ることにもなりうる。

差し障りなく、不満に思われない程度の付き合いは必要だろう。

ただし、舞踏会に出席する既婚男性は、妻を同伴するのが常識。

妊娠中で動けないなどの理由がない限り、サラの出席も確定する。

「俺一人で行くことは可能だが……、変に勘ぐられるのもまずい」

苦々しさを顔いっぱいに浮かべられ、サラは申し訳なくなってくる。

リュカスの気が乗らないのも当然だ。

招待した大貴族の目的は、リュカスとの交流だけではなく、サラの検分もあるのだろう。

任地から帰国した翌日の電撃結婚に、平民や下級貴族らは大歓迎だが、リュカスを自分の派閥に、娘の婿にと考えていた中堅貴族や軍の野心家たちは、鼻を折られた形だ。

どれほどの妻か、見てやろうと考えるのは当然だ。

リュカス一人での出席や、妻以外の女性を同伴すれば、仮面夫婦と宣言するも同義。身体を使ってリュカスを罠に掛けたという噂がある以上、真実などおかまいなしに、サラは周囲から糾弾されることになるだろう。けれど。

「あの、私は……」

リュカスが不名誉なことにならず、嫌でないなら、私が悪く言われるのは構わない。

そう続けようとしたサラを遮り、ミルテがまあ！　と歓声を上げ手を叩く。

「いいお話ではないですか。……半月以上も水入らずで過ごされたんですもの。サラお嬢様が、いえ、サラ奥様とお出かけされるには丁度いいお話かと」

「ミ、ミルテ。でも……私は、その、社交界へのお披露目も」

「だからですよ。結婚してから社交界へ出るのも、そう珍しい話ではありません。……私としては、お嬢様の初々しい新人姿を見たかったですが、人妻からの社交女王もよいかと！」

気合いを入れる為か、あるいは、幼少の頃から娘同然に接するサラを過大評価しているのか、ミルテは楽しそう茶化《ちゃか》す。

すると家令のジョージが、老眼鏡の位置を直しながらうなずいた。

「私も賛成です。お嬢様の舞踏や礼儀作法は完璧です。先の奥様がみっちり仕込まれましたから。……まあ、家政はこれからですが、なあに、舞踏会で目玉焼きを作る訳ではありません。ここは是非、御一考されてはいかがかと」

二人とも、興奮のあまり、サラの呼び方が奥様からお嬢様になっている。

「宝石だってドレスだって、気にされなくていいんですよ！　いつでも、参加できるよう用意されてますし、このミルテも、化粧の練習を重ねて参りましたから」

「不届きを口にしようと考える、意地の悪い小娘には、格の違いというものを見せつけてやればよろしいのです」

家の運営を担う家令と家政婦長が、右から左から言うのに目を白黒させていると、リュカスが遠慮がちに咳払《せきばら》いした。

「俺としては、一緒に参加してくれるとありがたい。……仕事については、もう閑散期で交代勤務に入っている訳だし」

討伐成功で海賊や野盗が減った為、軍での仕事は、事務官も騎士も隔週交代となっていた。つまり、時間と手間が掛かる社交にはうってつけ。

「私が出席すると迷惑になるということは」

「ない。……サラじゃないと駄目だ。いや、サラでないと嫌なんだ。頼めるか」

不本意に結婚という責任を担いながらも、常にサラを尊重し、大切にしてくれるリュカスがここまで頼むのだ。断れるはずがない。

「そういう事でしたら、あの、よろしくお願いします」

戸惑いつつサラが頭を下げた途端、他の三人が盛大に安堵の溜息を付いた。

(そんなに、やっかいな方からの招待だったのかしら)

どこの誰だかわからないが、ひょっとしたらリュカスの進退に関わる大事かもしれない。

これは気合いと覚悟が山ほどいるな、とサラは密かに身震いした。

◇◆◇

「なんとか、上手く行きましたな」

心底安堵した様子で、家令のジョージが軍服を差しだす。

それを受け取り、習慣で身形《みなり》を整えつつリュカスは頷く。

「恩に着る。……さすがに、この状態で切り出すのは辛い」

「お察しいたします。……僭越《せんえつ》ながら、わたくしも見ていて辛うございます。悲しいというより、やきもきしすぎて、ですが」

好々爺《こうこうや》な外見とは裏腹に、ジョージは結構辛辣なことを言う。

だが当然だろう。はっきり言って異常事態だ。

(夫婦の営みがない……とは)

まして、王都の住民が祝福し、過剰に装飾した熱愛記事で新聞を賑わせた夫婦なら、なおのこと。

一晩や二晩ならともかく、連続して二十日もご無沙汰はありえない。

街の人達は気付いていないが、家令として館での仕事を統括するジョージと、家事全般に目を光らせる家政婦長のミルテには、すぐバレた。

二人とも、サラやリュカスが幼少の頃から、屋敷にいる古株だ。

サラが未だに自分の部屋を使い、リュカスが毎晩のように遅く帰宅し、酒を飲んでいる様に、三日と立たず懸念を抱き、五日目には、顔を揃えてリュカスを厳しく問い詰めた。

使用人というより家族、それも一族の大叔父や大叔母に近い立ち位置の二人である。

普段は役目に徹していても、いざという時は年長者として忠告するのは、今までにもあった。

なにせ、ジョージとミルテは、リュカスの生まれについても知っているのだ。

屋敷を支える二柱であり、時として主人や女主人より強い権力を持つのが、家令と家政婦長。

リュカスがサラの父親に引き取られた時から、おおよその事情は伝わっている。

その上、二人とも、サラをもう一度屋敷へ――お嬢様としてではなく、奥様として迎えることを熱望していた。

だから今回の結婚に浮かれ、〝先の騎士団長の忘れ形見。お嬢様の孫をお世話できる日も間近か〟とはしゃいでいたのに、このザマだ。

嫌いだと突っぱねられることはないし、今までと変わらず友好的だが、夫婦や恋人といった男女の距離に踏み入ると、途端にサラの心が閉じる。

「……始まりが、悪かった」

ここ数日で勢いを増した弱気が、リュカスを嘆息させる。

長年想《おも》い続け、やっと恋人として手を伸ばせる状況が整ったのに、よりによって媚薬だ。

（あれで距離を詰めすぎた……）

むしろ怯えさせたかもしれない。あの晩のリュカスは、控えめに言っても野獣すぎた。

いかに媚薬で朦朧《もうろう》としていても、意志と関係なく肉体が反応しても、もっと手加減できなかったものか。

相手が気絶したにも関わらず腰を振り、その衝撃で揺り起こしては絶頂に追いやる。しまいには、互いに声も出せぬまま性に爛れていた。

（もう少しなんとか………無理だな）

多分、媚薬などなくても、野獣だった気がする。

頭の中はサラでいっぱいで、そして、サラを自分でいっぱいにしたくてたまらなかった。

至福と初体験の一夜から明けて翌日。

彼女を手放したくない一心で結婚を決意し、王の私室にいる間に逃げられた。

完全に気が動転したリュカスは、サラが早まり、王都から失踪しないかと怯え——なんとしてでも捉え、花嫁にしようと駆け回る。

無茶を承知でエドワード王に大聖堂の予定を押さえさせ、新聞に今日結婚するという情報を漏洩《ろうえい》し、街の住民総出となるよう噂で焚《た》きつけた。

急ぎすぎだと思ったが、時間をおいて、サラを失いたくなかった。

媚薬から救うという高潔な自己犠牲が理由でも、リュカスに身を任せたのは事実だ。

とにかく結婚し、歳月をかけてねばれば、愛を受け入れてもらえると考えていた。

自分だけのものにしてしまえば間違いない。気持ちは後からなんとでもできる。

そんな傲慢な我欲を押し通した結果、上辺だけの夫婦から一歩も踏み込めない。

「手順を間違えば上手くいかない。……冷静であればわかることなのに」

それとも、好きだと伝えればよかっただろうか。そんなことを考える。

(馬鹿な。……彼女にとっては、忘れたい一夜なのに)

リュカスを助けたい、媚薬の苦しみを和らげたい。身を捧げた彼女の理由は、他人に対する慈悲深さや幼なじみを捨て置けない優しさであって、リュカスに対する好意ではない。

好きと伝えても、そんなつもりはなかいのにと困らせるだけだ。

お互い忘れて、なにもなかったことにしようと願う彼女に、一生かけて大切にする。と伝えた端から、結婚なんてするつもりはなかったと半泣きになられるほどだ。

サラにとって自分は、幼なじみか騎士団の長であって、男じゃない。

だから卑怯を承知で責任だとか、子どもができただの、後から考えれば、まるで必要のない、ただ、サラを追い詰めるだけの装飾を積み重ね、その結果、諦めで結婚を承諾された。

披露宴では幸せそうにしていたが、面白半分で忍び込んだ国王を、王宮に追い返すのに手間取っているうちに、彼女の姿が見えなくなった。

子どもの頃から過ごしていた部屋で、ソファにもたれて身を崩すサラを見た時、お前が悪いと言われた気がした。

サラが欲しい。その一身で、どれだけの負担と犠牲を強いたかを目にし、怖くなった。

リュカスにとっては人生最良の日々の始まりだが、サラにしてみれば、純潔を奪われ、結婚へ追い込まれ、人々の目にさらされた最悪の一日だ。

今後無理強いはすまい。彼女が受け入れてくれるまで待つ。そう決めたが――やはり、抱きたい欲望も本当で。

(どうすればいいのか、完全に手詰まった)

触れたい。味わいたい。温もりを腕に眠りたい。

夢うつつで、リュカスに身を寄せるサラをいつまでも見ていたい。

日に日に膨らむ欲求は、けれど、これ以上彼女に嫌われたくない不安の糧にもなる。

どこまで近づいていいのか、触れて許されるのか試し、サラの身がびくつき退かれると、ネズミを目の当たりにした小娘のようで気が引ける。

そもそもサラは、リュカスにとって初恋だ。

他の女に脇目を振ったことなどまったくない。が、無視し続けた故に、恋の駆け引きに見本となる情報がない。

どう挽回《ばんかい》すればいいのかわからず、相手を尊重するという建前のもと、触れて壊すことに怯え——気まずさでますます距離が遠のく。

「妄想と現実が違いすぎた。……結婚すれば、気持ちは後から着いてくるなんて、嘘もいいところだ」

至極真面目な顔で弱音を吐くと、ジョージが呆れた顔をした。

「サラお嬢様は、単に戸惑われているだけでしょう」

外出の仕上げに、若草色のマントを捧げながらジョージは続けた。

「朝食を作られたり、繕いものをされたりと、リュカス様にとって良き妻であろうとされているのですから、望みはあります」

「良き妻か」

朝の光景を思い出す。

ブラウスにスカートといったこざっぱりとした格好に、愛らしいフリルのエプロンを付け、真剣な顔でフライパンを覗き混むサラの顔や、危なげながらも一生懸命の手つき。

火傷から庇った時に感じた身体の柔らかさと、ミモザの香り。

なにより、腕の中で震え、手で触れるごとに赤く染まりだす首筋や、恥じらいに潤む眼差し。

恋する女の姿が一瞬で脳を満たし、意識するより早く、腰が疼きだす。

（限界だ。……朝食よりも、なによりも、サラを食べたい）

動くごとに跳ねる愛らしい三つ編みが、ベッドの上では、どれほど淫らに解けていくのかとか、白く細い指が、ひたむきに肩を掴んでくる様とか。

一度しか見ていない。否、一度だけゆえに、強烈に頭に残る痴態に気が煽られる。

「っ……」

じわりと熱くなる顔を片手で覆うも、家令は不埒な想像をあっさりと見破っていた。

「水をお持ちいたしましょうか。とびっきり氷を入れた奴を」

水以上に冷えた眼差しを送るジョージに背を見せ、なんとか主の威厳を保つ。

「いや、いい……。すぐに出る」

「了承いたしました」

ジョージは鏡やらブラシやらを片付ける傍ら、話を戻した。

「舞踏会の件については、ミルテとわたくしにお任せください」

「頼んだ。……いつもながらに世話をかける」

「しかし、忙しくなりますな。……エドワード陛下の鳴り物入りでの招待とは」

苦笑まじりにジョージが頭を振る。

「社交界と距離を置きすぎて仕事が進まないなら、新妻を紹介がてらに参加しろ……だからな」

水面下で進んでいる麻薬の調査は、大詰めを迎えていた。

犯人の目星はついており、あとは取り引き現場を押さえるだけ。

「相手が大物だけに、末端を捕まえてもきりがないとわかっているが。サラを目くらましに使えだなんて、あいつ」

舞踏会は人が多く集まる。

そこで、幾人もの手を介して、麻薬が出回っている舞踏会での参加者を洗い出し、誰が誰と関わっているか調査しているリュカスだが、結果は芳しくなかった。

社交をおろそかにしていたため、伝手《つて》がないのだ。

時間が掛かれば被害者は多くなる。そう考えたエドワード王は、逆の方法を提案してきた。

舞踏会で相手を探るのではなく、舞踏会に相手を誘い出し尻尾を掴む。

受け身ではなく、攻めの姿勢で罠を張れということだ。

社交の季節だ。舞踏会を開催するよう手を回すのは簡単だが、あまりに続けば警戒される。

相手が潜り込みたくなる場はと考えた処、今、王都を騒がせる話題は、騎士団長秘蔵の新妻しかないではないかと指摘された。

「危険はないのでしょう」

ジョージの心配に黙ってうなずく。

狩り場として、とある公爵に、娘のお披露目を理由に舞踏会を開かせることが決まり、餌に、王が騎士団長の妻を見たがっているとの噂を流した。

王が来ることを理由に、数人の騎士を警備担当として参加させ、盤石の体制を敷いている。

だが、サラを見世物にしていい理由にはならない。

「絶対に嫌だと伝えたが、ごり押しされた。……建前でなく、本気で、お忍び国王として潜り込むんじゃないだろうな」

「それはどうだか。……ああいった御仁ですから」

不満を受け流し、ジョージは励ますようにリュカスの背を叩く。

「丁度よろしいではないですか。今回は、サラ様の身を守るのが公務と認められている上、王の鳴り物入りの参加という箔《はく》つきの話。……ついでに、ご夫婦の仲が進展すれば、家令として言うことはございません」

親指をたてて念押しするジョージに、肩をすくめる。

「気晴らしにもよろしいかと。……お屋敷に閉じこもってばかりでは、気が滅入《めい》ります」

リュカスと結婚した直後から、サラは仕事を休んでいる。

閑散期で人手が足りていることもあったが、野次馬にサラが注目されることで、職場に余計な負担がかかるとの判断らしい。

主計部でサラの上官を務めるマーキスからそう伝えられ、申し訳ないと思いながらも、どこかほっとしていた。

職場でサラを見られないのは辛いが、逆に、新妻となって愛らしさに磨きがかかったサラが、他の騎士や事務官どもの目に留まるのも辛い。

かといって、いつまでも閉じ込めていては、気も沈む。

リュカスとの新婚生活に順応しようと前向きなサラだが、時折、もの問いたげにリュカスを見ては、目を逸らすことに気付いていた。

「……少しでも、サラの自信になってくれればいいと思う」

騎士団長の顔をやめ、本音を漏らし咳払いする。

王がサラに会いたがっているという話を聞けば、サラを平民の小物とみなし、リュカスの神経を逆なでする噂を広める女どもも、口を閉ざしてくれるだろう。

そうなるように手を回している。

誰がなんと言おうと、リュカスはサラ以外を伴侶に望んでいない。

地位や後ろ盾など些細な話で、いくらでも切って捨てられるもの。

だけど、それでサラが萎縮するなら、どんな状況でも利用する。

はじまりを間違えた結果が今なら、真摯に求愛し、やり直すしかない。

華やかな舞踏会は、まさに絶好の機会だった。

第六章　舞踏会と本当の初夜

舞踏会場である公爵邸の中に入り、サラは明るさに驚嘆する。

天井から吊《つる》された大きなシャンデリアを飾る、鏡や硝子の細工物が、輝きを反射させ広間に散らす。

まるで光の王国のようだ。昼間のようにまぶしくて、目がちかちかする。

リュカスに手を引かれ馬車を降りたサラは、初めて見る社交の場に度肝を抜かれていた。

物語や噂話で聞いていたが、想像以上に華やかだ。

艶のある絹やサテンの生地に、レースやリボン、造花に羽と、様々な趣向を凝らし着飾った女性が、美を競い、身に付けた宝石を輝かせている。

色とりどりのドレスが視界に散る中、今宵お披露目となる娘の真っ白なドレスは、目に清冽《せいれつ》で、初々しさを際立てる。

まるで夢を見ているようだ。サラは瞬《まばた》きを繰り返す。

五年前、父が亡くなった時、サラは十六歳で、お披露目となる舞踏会を控えていた。

出来上がったばかりの白いドレスを寝室に飾り、毎晩指折り楽しみにしていた。

実際にサラが着たのは、乙女の白いドレスではなく死を悼む喪服で、貴族の娘としての未来は閉ざされたのだが、こうして舞踏会に参加できるなんて。

不思議な気持ちで、自分をここへ誘ったリュカスを見る。

彼は招待主である公爵一家を眺めていたが、サラの視線に気付きにっこりと笑った。

「綺麗だ。ここにいる誰よりも一番」

身をわずかにかがめ、囁き声で賞賛され、サラは恥じらいに頬を赤らめる。

「ミルテとワーウィック夫人が用意してくれたから。……結婚式の、時のように」

自身の身体へ目を向けつつ、賞賛の理由を彼女らの手柄にして返す。

実際、今日のサラは目立っていた。

百花の王と言われる薔薇を手本に、赤紫の布地に襞を寄せて重ねたドレスは、落ち着きと華麗さを同時に備えていた。

表面を飾る真珠は、まろやかかつ純白のもので、実に見事な逸品だ。

大胆に開けている喉元には、白銀とダイヤモンドでできた豪華なネックレスがあり、サラの白い肌と薄紅色をした髪を明るく輝かせていた。

ミルテが、高級服飾店の女主人相手にああだこうだと議論を重ねただけはある。

ともかく自分だけの力ではない。慎めば、遠慮はいらないという風にリュカスが腕を引く。

ほんの少しだけ二人の距離が縮まる。

剝《む》き出しの背中やうなじにリュカスの視線を感じるごとに、肌に甘いしびれが走る。

普段は髪を三つ編みにしているサラだが、今宵ばかりは高くまとめていた。

未婚の娘は首筋や背中を隠し、既婚者は結い上げ見せるという服装規定があるからだ。

しかし、今まで当たり前に隠していたものを、大勢の前でさらすのはなかなか気恥ずかしい。

後れ毛を直す振りで手をあてて隠すも、ずっとそうしている訳にはいかないし、だからといって肩をすくめているのではみっともない。

仕方なく、わからぬふりで耐えているのだが、内心、幾度も身悶えしている。

リュカスの視線が、熱いのだ。

昨日まで——否、今までとは全く違う眼差しをして、サラを見ているのがわかる。

夫としての穏やかな眼差しとは違う。

獲物を見定め、どう触れるか考え狙う情感的な視線だ。

欲しい、触れたいと隠すことなく焦がれる視線は、否応なくサラに男と女として交わった夜を思わせ、異性の肉体を悟らせる。

視線が肌を辿るたびに、指が輪郭をなぞっていくのを、舌が舐める感触を記憶から引きずり出され、いても立ってもいられなくなる。

（こんなに沢山の人がいるのに、もう、リュカス様しか意識できない）

彼が指を触れさせている場所や、わずかな息づかいの変化まで気になって仕方がない。

だからなのか。公爵から挨拶を受けるまで、他の事が気にならなかった。

招待してくれた公爵は恰幅《かっぷく》のよい人物で、妻ともども気さくに話しかけてくれた。

好意的な雰囲気に気を呑まれていると、夫人のほうが品良く笑う。

「驚いた顔をされているけれど、わたくしたちの年代なら当然の反応ですわ。……前騎士団長ローガン秘蔵の娘ですもの」

久々に聞いた父の名に目をみはる。

すると夫人は、いたずらっぽい上目遣いでサラを見る。

「騎士団長ローガンといえば、貴方の夫と同じぐらい、乙女の心を奪ったものよ。いっそ家を捨てて駆け落ちしてでも、という子もいたぐらい。わたくしを含めてね」

楽しげに昔を語り、ひょっとしたら、貴女の母親はわたくしだったかもとまで言う。

「だからケイラー騎士団長と貴女をみていると、まるであの頃に戻ったようで、気が華やぐわ。どうぞ楽しんでいって。……今年お披露目したうちの娘とも、仲よくして頂ければ嬉しいわ」

公爵夫人から抱擁されると、遠巻きにサラを睨んでいた娘達が眉を持ち上げた。

賞賛を受け、娘と仲よくしてくれと頼まれただけでなく、抱擁を受けたからだ。

前の二つだけであれば、建前や社交辞令の範囲だが、抱擁は親族と同等の仲を意味する。

サラをけなそうと手ぐすね引いていた娘達は、気まずげに壁際へ退散しだす。

望外な褒め言葉に恐縮しつつ、礼を返す。

(よかった。そんなに嫌われてない)

不安だったことが一つ解決され、気が軽くなる。

いかにサラが礼儀を守ったとしても、難癖で悪く言われるのだけは、どうしようもない。否定されるのがサラだけであればいいが、夫のリュカスの株も下がる。それが不安で社交に腰がひけていたのだが、公爵夫人の後押しは心強い。

余裕を持って周囲を見渡せば、夫人の指摘通り、年配な者ほど、サラへの当たりは柔らかい。父がもてたという夫人の話は、本当らしい。

安堵しつつ舞踏室へ移動し、周囲の人と会話を交わすうちに音楽が始まる。

迫力のある演奏と、体重をまるで感じさせず踊る男女に見入っていると、リュカスがサラの腰から手を離し、流麗な動作で身を折った。

「踊っていただけますか。我が至上の貴婦人にして愛しき妻よ」

夫が誘う文句としては定番だが、妻という単語も、愛しいという単語も耳慣れないサラは、胸を高鳴らせてしまう。

結婚は成り行きだった。責任や義務はあっても愛はない。

わかっているのに、好きだと乞われている気がして、落ち着かない。

(冗談か、この場の雰囲気に呑まれているから)

逸《はや》りだす気持ちを必死で抑制していると、周囲にいるご婦人方が、扇の影から、手を取れ、誘惑されろと微笑みそそのかす。

「私で、よろしければ」

ためらいがちに指を差しだすと、相手はにやりと笑い返事した。

「サラでなければ駄目だ。サラ以外を望まない」

熱烈な愛の告白に、あっと声を漏らした時には、もう彼の腕に抱かれて音に乗っていた。

三拍子のワルツに合わせ、習った通りに足を動かす。

間違えたらどうしよう、踏んだらどうしようと悩んだのも一小節までで、あとはリュカスに身を任せていた。

上手いのだ、彼の足捌きも身のこなしも。

まるで最初から最後まで、サラがどう動いて、どう重心をかけるのか知っているように。

手を引く強さ、腰を押す力に身を預ければ、驚くほど軽やかに足が音を辿る。

「すごく、慣れていらっしゃるんですね」

言った側から、馬鹿なことを口にしたと赤面する。

「妬《や》いたか」

楽しげに確認され、サラはますますいたたまれなくなってしまう。

そうだ。妬いたのだ。

自分と結婚する前は、他の女性ともこうして踊っていたのだろう、誰を相手に誘いかけたのだろうと。

この思いはリュカスにとって〝重い〟ものに違いない。そう考えて隠していたものが、取り繕いようもなく顔を出している。

「そんな、つもりは……」

否定しかけたサラを抱き寄せ、恥知らずと言われるギリギリの距離から、リュカスが告げる。

「嬉しいぞ。……妬いてくれて。素直に、心を見せてくれて」

「え?」

「最近のサラは、昔よりずっと遠かった」

後悔と切なさをない交ぜにした言葉に、ずきんと胸が甘苦しく疼く。

「こんなに容易《たやす》く触れられるのに、気持ちが、誰よりも遠い」

念を押すようにして繰り返され、サラははっと息を詰めた。

嫌われたくなくて臆病になるあまり、相手を伺いすぎているのはわかっていた。

だが指摘されるとは、思ってもみなかったのだ。

「甘えて、頼って、色んな表情を見せて欲しい。そう願っているんだがな」

言い切り、リュカスは華麗に最後の小節を踊りきる。

音楽が止《や》み、割れるような拍手と注目の中、サラはリュカスを真っ直ぐに見定める。

(嬉しいって言われた……。もっと、近づいていいということ?)

どうしよう。リュカスに心を委ね、気持ちを告白したいと気持ちが騒ぐ。

物言いたげな視線になっていたのだろう。リュカスも真っ直ぐにサラを見つめている。

周囲のざわめきや会場の華やぎは遠く、まるで世界に二人だけしかいない風にして、互いに視線を交わし合う。

近づきたい。触れたい。貴方が好きだと伝えたい。

鼓動ごとに衝動が募り、胸を埋め尽くす。

甘酸っぱい苦しさに押され、喘ぐようにして息を継げば、リュカスの目が艶めかしく光る。

――異性として求められている。私が欲しいと思われている。

理性でなく感覚で悟ったサラは、リュカスの手を握る指先に力を込めた。

手袋越しの体温が焦《じ》れったい。もっと指を絡めて、この人のすべてが欲しい。

願い、唇をわななかせた時だ。

大音量がして、次の曲が始まった。

「きゃっ……!」

小さい悲鳴を上げたサラは、たちまちリュカスに抱き締められる。

若い女性の悲鳴が聞こえた気がしたが、彼は構わずサラの耳元に顔を寄せ囁く。

「もう一度、……たい」

金管楽器の高らかな音色に掻《か》き消され、リュカスの声が一瞬途切れた。

けれどサラには〝もう一度、抱きたい〟と聞こえた。

サラは瞳にリュカスを捉えたまま、唇をわななかせる。

私も、と伝えたいのに変に緊張して声がでない。

だから変わりに、合わせた手の指をしっかりと絡め、うなずいた。


帰りの馬車が屋敷に着くまで、リュカスもサラもほとんどしゃべらなかった。

いつもより近い距離が照れくさく、うつむいていたから、眠いと思われたのかもしれない。

玄関に入ると、小さなランプが一つ灯るだけで、屋敷の中はしんとしている。

舞踏会で遅くなる予定だったので、ジョージもミルテも自室に引き取っているのだろう。

起こすのも可哀想《かわいそう》だなと思っていると、リュカスは慣れた手でランプを取りサラを導く。

「足下が暗い。部屋まで送り届けよう」

周囲がしんとしているせいか、どこか上ずって聞こえるリュカスの声に、うなずき返す。

(どうしてかしら。胸がとてもどきどきしている)

内側から突き破らんばかりに、鼓動が高鳴っている。

側にいるリュカスにまで聞こえてしまいそうで、サラは胸を押さえて夫の先導に従う。

一段、また一段と階段を上がるたびに、胸が苦しくなっていくのは、これからやろうとしていることのせいだ。

いくじなく逃げたがる自分を内心で蹴り飛ばし、サラは緊張に喉を鳴らす。

居間や食堂、書斎などがある一階から客間のある二階を通り、主人一家の私室がある三階へ辿り着く。

階段を上りきると、通路の左奥にリュカスの部屋が、右奥にサラの部屋がある。

どちらが先に足を止めたのか、あるいは同時かわからない。

階段正面にあたる主寝室の前で、互いに黙り込んだまま立ち尽くす。

リュカスが手にしたランプの炎がじりじりと揺れ、男女の影を床に浮き立たす。

もうすぐ、リュカスは優しい笑顔と共に就寝を告げ、サラから手を離して、行ってしまうだろう。

今までずっとそうだった。

結婚する前も、結婚した後も変わらない礼儀正しさで、彼はサラを手放し、男女として適切な距離を置く。

予測が正しいと伝えるように、手を取るリュカスの指が開きだす。

——今までは恋愛対象でないから、そうされるのだと思い込んでいた。だけど。

(私が、好きだという気持ちを伝えてないからだとしたら)

身分だとか、迷惑だとかで身をまもり、嫌われずに済む距離から相手を想っていた。

拒絶されて傷つくことに怯え、自分かわいさに心をごまかし、都合のいい理由を盾にしていた。

だけれど、永遠にこのままでいいはずはない。

(伝えなければ。好きという気持ちを)

明確にサラは意識した。このままリュカスと距離を置き、心が枯れ朽ちていくのは嫌だ。

波風が立たない、穏やかな関係をあえて変える必要はない。

だが一度は変わろうとしたのだと、抱かれた夜の記憶を頼りに勇気を奮い起こす。

あの時は、媚薬がきっかけだったけれど、今は違う。

サラは、サラ自身の気持ちをよすがに行動を起こす。

離れ行くリュカスの指先を捉えたサラは、彼と向かい合う。

驚きに目をみはるリュカスの前で爪先立つ。

えいっと相手の腕を引き、身を引き寄せ、素早く彼の唇を奪う。

柔らかく、そして艶めかしい熱が、薄い皮膜を通して互いの唇から全身に染みて来た。

途端に肌がざわめき、心臓が恐ろしいほど早鐘を打つ。

永遠にこうして相手を感じていたいけれど、残念ながら、足の支えが限界になる。

大きく揺れたランプの光の中で、一つとなっていた影は、始まった時と同じ唐突さで二つに離れていった。

なにが起こったのかわからず呆然とするリュカスに、こんな顔もするのだと、サラはおかしな誇らしさに満たされる。

なんだか胸がくすぐったい。きっと、他の誰も、彼の無防備なこの顔を見ていない。

「ありがとうございます。今夜は、とても嬉しかった」

サラは微笑みとともに、素直な気持ちを伝えた。

「貴方と一緒に踊れて、側に居れて楽しかった」

身悶えせんばかりの羞恥に耐え、真っ直ぐに相手を見つめ伝える。

これが正しいのか、上手いやり方なのかなんてわからない。

だけど失敗なら失敗で、反省して、次にもっと沢山の好きを伝えよう。

(やめてくれと言われるまで、彼に恋している気持ちは隠さない)

この結婚が何年、何十年続くかわからない。

だけど、お互いによいものにしていこうと考え、協力しようと歩み寄るなら、気持ちを隠しては上手くいかない気がしたのだ。

(私は貴方が好き。だから貴方によくしたい。幸せになってもらいたいとがんばっている)

覚悟を決め、リュカスの手から指を離し、サラは心をなだめながら頭を下げる。

「……大好きです。リュカス様」

消え入りそうな声だった。伝わったかもわからない。だけど言われるまで待っているのは、もうやめた。

言うのだ。これからは。リュカスが好きだと。

（成り行きはどうあれ、妻になったのだから、好きといっても悪くない）

「おやすみなさい」

自分を励まし、相手を困らせぬよう後に引き、私室へ向かおうとした時。

リュカスが、苦しげに囁いた。

「……っ、ない」

どうしたのだろうかと立ち止まった途端、サラは時間が逆戻りしたように、リュカスの腕の中に囚われていた。

「おやすみになんて、なれるわけが、ない」

サラを掻き抱き、覆《おお》い被《かぶ》さるようにしてドレスの肩口へ顔を埋め、リュカスが掠れた声で吐き捨てる。

「眠れるわけがないだろう」

逃すまいとすがりながらも、どこか怒りを含んだ声に頭が真っ白になる。

「あの……」

「おやすみになんて、なれるわけがない。サラからあんな風に言われ、唇を奪われて」

一言ずつ区切り、伝え、痛いほどサラを抱き締めリュカスが震える。

いけないことをしたのだろうか。非常識すぎる告白だったか。

恋をするのも、好きだと伝えたのもリュカスが初めてで、サラは一気に混乱した。

「ごめんなさい。でも、私……取り消さない」

呆れ、嫌われるのは怖い。だけど伝えずに逃げるのはもう嫌だ。

「リュカス様が好き」

身分の差も今までの関係も、なにもかも取り払い、今ここにある感情だけをつきつける。

自分の気持ちと向き合い、感じたことを率直に伝えると、目の前の男は、はっきりとわかるほど顔を強ばらせ、一番手近な扉を勢いよく開く。

「あっ！」

風を感じた次の瞬間、開いた扉の内側へ引き込まれた。

次いで、顔の両脇にリュカスの手が叩きつけられる。

力加減などない激しい音に肩をすくめたと同時に、背後の扉が閉ざされてしまう。

内開きの扉に背を預けている以上、隙をついて逃げるのは難しい。

どうしてこんな乱暴をしたのか。扉と己の間にサラを閉じ込めきったリュカスを見る。

すると彼は、サラの肩口に顔を伏せたまま呻く。

「まったく。……サラの勇気は、いつも俺を殺しかける」

「ご、ごめんなさい」

まるで状況がわからないが、切羽詰まったリュカスを落ち着かせたくて謝ると、彼はふふっと嬉しそうに笑いだした。

「謝るな。……誰だって心臓が止まるに決まっている。好きな女から大好きだと言われれば」

歓びを伝播《でんぱ》させたいのか、しきりに頬をすり寄せてくるリュカスに、サラはぽかんとしてしまう。

「好きな女……って。そんなこと、一度も」

現実を信じられず、うわごとのように繰り返すと、リュカスがわざとらしく咳払いをした。

「恋情を知られ、サラに危害が加えられるのは嫌だったから、花嫁に迎えられる環境を整えるまではと、遠くから見守ることに徹していた」

リュカスが遠征から戻った時を思い出す。

あの時、周りの女性達が殊更サラをつつき、海に落とそうとまでした。

それを思えば、なるほど、リュカスの気遣いを大げさと笑うこともできない。

(実際、媚薬なんてあやしげなものに頼ろうとした人も、いたんだし)

ようやく見えだした全貌にうろたえていると、リュカスがはあっと息を付く。

「始まりがあんな風だったんだ。……好きだと言って、媚薬のせいだとか体面を取り繕うせいで、告白されたんだとか思われたくないし、悩ませたくもなかった」

少しだけ身を起こし、乞い願う眼差しでサラを捉えて、リュカスは続けた。

「女性として大切な夜を、最低な状況で奪ったんだ。軽蔑されて当然。嫌われているかもとさえ考えた。……だが、サラを諦めることなんてできない。だから結婚だけはと考えた」

そして、王に許可状を貰いに行っている間にサラが逃げ、動転し、怒濤《どとう》の勢いで外堀を埋めたと言う訳だ。

「夫婦として暮らし、日々を重ねるうちにほだされてくれればと、そんな願いに縋った訳だ」

「責任とか、名誉とか、子どもとかは……」

「好きだと言わずに、サラを納得させられる方法を、思いつく限り並べていただけだ。……結局、後で距離を置かれて、愚かな事をしたと己を恥じたが」

じわりと頬を赤く染めながら、サラは確かめるようにしてつぶやく。

「不本意な状況に困惑する気持ちはわかるって、あの台詞は共感ではなく、その」

「サラのことに決まっている。……だってそうだろう。考え得る最悪の状況で処女を捧げ、すぐ結婚だぞ。普通は怒る。まあ、怒られても逃す気はなかったが」

むちゃくちゃだ。

サラを思いやりながら、きっちり我を通す辺り、思い入れの強さがすごい。

「本当は、ちゃんとしたかった。すべての事情を片付けた後、なんの憂いもない状態で君に求婚し、少しずつ、日々を重ねながら、婚礼衣装や披露宴の飾りを二人で考えて、準備して……

なのに、本当に、申し訳ない」

気持ちを落ち着ける為か、深呼吸をはさみリュカスは続ける。

「聞かれる前に告白しておくが、あんなに幸せな夜はなかった。……そして、サラ以上に求める女はこの世界のどこにもいない」

耳元で囁き、伺うようにして顔をのぞき込まれサラは息を詰める。

「サラは？　後悔していないか」

先ほどより落ち着いた、そして甘い声にふわりと微笑む。

「後悔なんて、するはずがありません。……ずっと、リュカス様だけが好き」

伝えなくてもいいと思っていた。そのほうがみんな幸せになれる。自分が傷つかないと。

だけど、こうして言葉にするだけで、世界も自分も変わっていくのがわかる。

「好き。大好き」

手を伸ばし、自分からリュカスに抱きつく。

子どもの頃、そうしていたように、ただ純粋な感情だけで求め触れる。

好きだと繰り返し伝えるにつれ、心地よいぬくもりが身体の内側から皮膚へと広がり、相手に触れる場所で響き合う。

リュカスもそれに答えるように、サラへ触れ、好きだと繰り返し伝えながら、頬や額、鼻先にまで唇を触れさせる。

まるでじゃれ合う猫か幼子だ。

意味もわからず、ただ相手への好意だけを衝動に求め合い、拙《つたな》い接吻を浴びせ合う。

照れくさく、くすぐったく、幸せな感覚に身を任せていたが、先を知る二つの身体は、すぐにそれだけでは治まらなくなっていく。

結われていた髪が解かれ、剥き出しの肩や喉元に落ちかかり、肩や背を撫でていた腕が、身体の線を探りながら下りていく。

互いの腰を抱く形で手が止まり、ほとんど同時に顔を合わせた。

「ドレスを脱がせても？」

期待と、焦れがないまぜになった微苦笑で問われ、サラはこくりとうなずいた。

「……リュカス様も、脱いでくださるのなら」

はしたなさに頬を染め求めると、彼は、驚いた様子で眉を持ち上げ、すぐに蕩けた笑顔を見せる。

「もちろんだ。……おいで」

ぐっと腰を抱く手に力が籠もり、前のめり気味に相手の胸板に飛び込む。

存在を確かめるようにして強く抱き締められ、背に回った男の手が、もどかしげにドレスのボタンをはずしだす。

少しずつ肌があらわになるに連れ、鼓動が早まり、息が乱れ、体温が上がっていく。

身を覆う布が床に落ちる音が嫌に大きく聞こえ、はしたない姿に羞恥が募る。

ついうつむくと、駄目だとからかい咎める風にして、肩口やうなじを甘噛みされた。

「っ、く……ッ、も……ぅ」

脱がせるなら、戯れなどせず一気に奪って欲しい。

こんなに時間をかけられては、恥ずかしさのあまり死んでしまう。

目を潤ませ、紅潮した頬をそのままに相手を睨めば、官能に満ちた眼差しで愛《め》でられた。

「そうやって拗ねても無駄だぞ。……どころか、怖いほど煽られる」

うっとりと言われ、ますますいたたまれなくなり、サラは息を凝らして目を閉ざす。

かさばるドレスやペチコートが奪われ、身が軽くなるにつれ、心許《こころもと》なさが増していく。

紐を解くリュカスの手が肌をかすめるたびに、びくっと身体が震えてしまう。

どうにもできない熱と、心許なさと、興奮で、目眩がしだした頃、ぐっと身体が引き寄せられ、間をおかずして男の腕に抱え上げられる。

「ひゃっ……ッ！」

びっくりして目を開く。

いつもより高い視点と揺れる足先で、リュカスに抱かれ運ばれているのだとわかる。

「夢じゃないだろうな」

重みを確かめるように揺らされ、不安定さに耐えきれずしがみつく。

「大げさです。そんな」

「なんだっていい。もう一度サラをこうして腕に抱ける日が、こんなに早く来るなんて」

信じられない。と感極まった声で囁き、彼はベッドへ歩きだす。

「初夜からずっとずっと触れたくて、おかしくなりそうだった。サラの気持ちが和らぐまではと我慢していたが、いつまで持つかわからなかった」

「怯えていたのは……」

身体の関係から始まった結婚ゆえに、女として求められない現実と向き合うのが怖かっただけだ。あとは。

「リュカス様に求められて、答えて、好きな気持ちが止められなくなったら、きっと辛いだろうなって」

「それほどまでに、俺を思ってくれていたんだな。……いいぞ。俺もどれだけサラが好きか教えてやる。媚薬なんかなくても、離れられないと伝えて見せる」

妙な処で対抗意識を燃やすリュカスの胸を叩き、馬鹿と伝えるも、すぐそんな場合ではなくなってしまう。

かろうじて膝にひっかかっていた最後のペチコートが腰から解け、膝や太腿をかすめながら落ちていく。

むず痒い感覚にびくっとし、たまらずリュカスに抱きつけば、彼はご満悦な顔でサラを見ていた。

部屋の奥には、真新しい天蓋付きの寝台があった。

上品な銀の柱に、大人が三人転がってもまだ余る大きさで、天蓋から下りる薄絹も、シーツも、枕についているフリルやレースまで真っ白だ。

傷一つない、真新しく、清潔な匂いがする寝台は、新婚夫婦の為に用意されたものだとすぐわかる。

寝台の真ん中に下ろされた途端、羽毛布団を覆う絹のカバーが空気を孕み、ふわりとサラの身体の周りで波を作る。

花嫁衣装を広げたような光景に、少しだけおかしくなってしまう。これでは初夜だと。

いや、事実、初夜だろう。

身体だけではなく、夫婦という形式だけではなく、真実、相手を乞う伴侶として、初めて夜を過ごすのだから。

乱れたカバーを、恥ずかしげに剥き出しの乳房や太腿へ巻きつけるサラの前で、リュカスは一転して乱暴な動きで軍服を脱ぎ捨てる。

床に落ちた上着が皺になるのも、飾緒や勲章が床に跳ね散るのにも構わない様は、まるで飢えた獣のようだ。

男の肉体から余計なものが剥がれていくにつれ、日に焼けた肌があらわになっていく。

形のよく真っ直ぐに伸びる肩甲骨の稜線《りょうせん》。それらに反して滑らかなうなじ。

脱ぎかけたシャツ越しに見える、肘の鋭い形と、美しく引き締まる上腕筋の対比。

脇から腹へと浮き立つ筋肉は無駄なく、つい触れてみたくなる。

臀部から大腿への線は、雄の力強さと獣性に満ちていて、うっとりするほど逞しい。

なによりサラの心を騒がせたのは、窮屈な理性や布から解放され、怒張しきった股間の男根であった。

鍛え上げられた騎士の肉体にあってなお、それは異質なまでに猛々《たけだけ》しく天を向いている。

照れも、恥じらいもなく誇示されたそれに、サラは悲鳴を上げるどころか、食い入る視線を送ってしまう。

淑女としてははしたない。頭ではわかっている。

だけど、羞恥より畏怖と愛しさが勝っていた。

剛さと激しさを内包し、熱と情動が凝縮しきった器官は、女の身体とはまるで違う。

決して相容《あいい》れない要素でできているのに、種を残すものとして融和する。その不思議さと厳かさに頭ではなく、心がひれ伏し惹かれていく。

そしてリュカスもまた、この世に得がたいもう一つの性として、サラに魅了されていた。

互いの裸身を見つめ合う。ただそれだけなのに、漂う空気の密度が上がる。

高まった緊張が限界を迎えた瞬間、リュカスが獣じみた動作で頭を振り、乱れた黒髪を両手で後ろへ撫でつけた。

額が剥き出しになると、いっそう視線の強さや顔の凛々しさが浮き立って、サラは無意識に太腿を擦り合わせ、尻で後ずさる。

気配が揺れ、シーツに皺が寄るのを見とがめた瞬間、リュカスは獲物を仕留める肉食獣の仕草で、寝台へのし上がってきた。

見えない鎖に縛られたように、身体が上手くうごかない。

生贄《いけにえ》にされた古代の姫君みたいに、布一枚で半身を隠していたサラは、はっと息を詰め、目を逸らす。

距離が詰まったことにより、よりはっきりとリュカスの男が見えたからだ。

剛直に絡む血管が脈打つ様はもちろん、狂暴に張り出した尖端から露のような滴が垂れ、ぬらりと幹を伝い落ちる様も、その下で、ずっしりと重く揺れる睾丸《こうがん》も。

見てはいけない、はしたないものなのに、強烈に脳裏に灼きついた。

呼吸が浅くなり、妙に喉が渇いていく。

脳は沸騰しそうに熱く、息を吸う毎に鼻孔が雄の粒子で満たされる。

肌どころか産毛までざわめくほど男に圧倒されながら、ああ、これが興奮なのだと知る。

身体どころか、髪の毛も、声も残さず食べられたい。

サラの衝動を見抜いたように、リュカスは乳房へ手を伸ばす。

「あうっ……!」

心臓を鷲づかみにされたような衝撃に、悲鳴じみた嬌声が出てしまう。

ぐにぐにと揉まれ、男の手の中で胸の双丘が卑猥に形を変えて行く。

膨らみに絡みつき、肉に沈む指の刺激は強く、跳ね上がった心臓が悦楽に跳ねる。

たまらず身を捩ろうとするが、両胸を掴む手が逃げを許さない。

絶妙な力加減で圧を増やされ、にじむ快感に竦んだ途端、指先で尖端を弾かれる。

走り抜けた衝撃に背がしなり、泳ぐ爪先がシーツに縋る。

全身の神経が剥き出しになったみたいだ。

指先だけでなく、触れる布地や己の髪さえも、愉悦のわななきに変わってしまう。

「あっ……、やっ、っは、……早っ、い」

こんな風だったろうかと、悦《よろこ》びに打ち震えながら心を揺らす。

初めての夜よりずっと克明に、男の指の動きや熱を感じ、身体が反応してしまう。

媚薬なんて一口も含んでないのに、たちまちに四肢が快楽に染まりだす。

乳房を揉む指の側面がかすめただけで、尖端が色を濃くする。

鎖骨を舌がなぞるのに呼応して、足の付け根がぞわりとわななく。

たっぷりと時間をかけて耳殻をねぶられ、響く濡れ音の卑猥さに身体が火照り、身体の奥からせり上がる衝動が嬌声となって唇を割る。

「あっ……んっ、く……ぅ」

縦横無尽に女の身体を味わうそぶりで、けれどリュカスは、サラが一際反応する部分を見つけると、執拗に何度も舌を擦りつけ嬲《なぶ》っていた。

ざらりとした表で唾液を塗り込め、かと思えば硬くした舌先で抉るようにする。

そうして時折、大胆に吸い上げ赤い印を肌に刻んでいく。

脚の間がじくじくと痺れだし、尖《とが》った乳首は痛いほど敏感に膨らみ揺れた。

恥ずかしさと快感に耐えようと、力をこめて手足を突っ張らせてみるが、どうしたって震えてしまう。

張り詰めた筋肉が限界を迎え、疼きとも痛みともつかぬ感覚を主張しだす頃、しゃにむにサラの胸を吸い、味わっていたリュカスが顔を上げた。

はしたなく充溢した乳首と彼の口元に走る唾液の糸が、サラの視界でぷつりと切れた。

淫らに開いたリュカスの口から肉厚な舌がまろびだし、無造作にぺろりと唇を舐める。

とてつもない淫猥さに息を詰めていると、リュカスが身を乗り上げ、サラの頭の横に手をついた。

同時に、丸く膨らんだものが膝から太腿へとこすりつけられ、肌が一気に燃え立った。

汗とは違うぬめりに目をやれば、ぐうっとへそに屹立の先が当てられる。

「ッ、ひっ……ぅ」

肌を抉られた途端、解けた花唇から蜜液が溢れだす。

あわてて太腿を寄せれば、リュカスは笑い、腕の力だけで身体を大きく上下させ、肉楔の先をきわどい部分からへそへと押しつける。

硬く兆した男のもので柔い女の肉を抉り、尖端から溢れるもので肌を汚す。

「は……。こうしているだけで、暴発しそうになる」

淫らに腰をくねらせ、突くようにしたり、捏ねるようにしたりしながら、リュカスはサラの顔を伺う。

サラを見つめる藍色の瞳が、底知れぬ情動にぎらりと光る。

珍しい金色の虹彩は、いつもより色を増し、男の色香を引き立てていた。

隠しもしない激しい欲望に射貫かれ、鼓動が止まる。

全身を駆け抜けた衝撃に、濡れた唇をわななかせるサラの前で、リュカスはにやりと口端を上げた。

挿入の期待にわななく女体をひとしきり視姦し、リュカスは残酷に宣言する。

「まだだ。まだ、たっぷりと味わいたい」

言うなり、膝裏を掴み、あっというまに持ち上げた。

「えっ！」

突然の体位の変化に声を上げるが遅かった。

浮かせた腰を腹筋で押し、サラの頭と肩を支点としながら、手早く女体をたたみ込む。

肩と頭の間に膝を置き、浮いた手首を素早く捕らえ、足首もろともに抑えきる。

脚を広げ、隠すべき秘部を天に向け割り開いた卑猥な姿勢に、サラは声にならない悲鳴を漏らす。

身体中の血液が羞恥とともに頭へ上り、驚きに見開いた目が熱で潤む。

息もおぼつかないほどサラが動転しているのに、リュカスは開かれた股間から、悪戯めいた表情を見せ笑う。

熱い息吹がきわどい部分の恥丘をかすめると、サラの腹筋がびくびくと反応し、秘筒から漏れた淫汁が肌を濡らしだす。

濃密な女の香りが辺りに広がり、呼吸ごとに頭がぼうっとしてしまう。

こんなはしたない格好はいけない。なにもかも暴かれるのは怖い。

むずがる赤子の動きで首を揺するも、抵抗とはほど遠かった。

「ああ、こんな風に濡れていくのか。……すごいな。すごく淫らで、美しい」

うっとりとした目で秘部を見つめ、うわごとのように告げるや否や、リュカスは、蝶《ちょう》が花に誘われるより容易く、サラの股間に顔を寄せた。

「だっ……っ、っああ、っ、あ、んぅーっ！」

なにをしようとしているのか、理解し、拒絶の言葉を発そうとするも、遅かった。

つつましやかに合わさる秘裂が、男の舌先によって割られ、ほころびた花弁ごとべろりと舐められる。

「ん、ふ……あああっ……くぅ」

時折、尖らせた舌先を膣へと差し込み、溢れる秘液を啜り上げながら、リュカスは夢中で女の形を探り味わう。

弾力のある舌による愛撫は、指による直接的な刺激と異なり、酷く焦れる。

炙《あぶ》るようにじっとりとした快楽の余韻は、毒のようにいつまでも身体の中に残り続けた。

いっそ身をのたうたせられれば気も紛ぎれるが、丸くひっくり返され、手足もろともに拘束された状態ではままならず、やるせない切なさばかりがわだかまる。

あまりのつらさに喉をひくつかせると、リュカスは、思い出したと言う風な気安さで、媚裂の上に吸い付いた。

「んん！　んあっ！」

やり方を変えた淫戯に驚く間もなく、限界まで膨らんでいた敏感な芽が、男の口の中でくちゅくちゅとしごかれ、纏う包皮を下ろされた。

剥き出しとなった神経の尖りを舌で押し潰され、溜《た》め込《こ》まれていた媚悦が一気に爆発しだす。

ひゅっ、と鋭く息を吸い、次の瞬間サラは高く声を上げ達していた。

「ひぃ……あ、あああっ！」

悦か苦かわからぬほどの衝撃に、脳裏が白光で灼かれ、全身が激しく痙攣する。

手脚を束縛する腕はいつしか一本へと変わり、残る手が震える腰を優しく撫でた。

「サラ……。もっと、感じて、乱れて、俺だけのものになれ」

うっとりと、夢見心地な声で告げ、リュカスは物欲しげに閉じたり開いたりする場所へと、己の指を突き立てる。

たっぷりと濡れた熱い襞が、収縮を繰り返しながら男の指に絡みつく。

「ああ、すごい……。全然違う。前より、俺を求めているのがわかる」

感触を味わうように抜き差しし、淵《ふち》から蜜が滴れば、待ち受けたように舌で舐め取る。

そうして膣壁の中を泳がせ、女体へ己の指の形を教えていたリュカスは、触れただけでサラの嬌声が止まらなくなる場所を見つけてしまう。

「ここか」

喜悦と確信に満ちた声を漏らし、敏感な部分だけを執拗に捏《こ》ね回す。

「ああ、やあっ……いい……、やぁああ」

腕と言わず太股《ふともも》といわず震わせ、ひいひいと意味を成さない喘ぎを重ね、サラは圧倒的な悦さに溺れだす。

留まらぬ嬌声の中、リュカスはずぶずぶと媚肉へ指を沈め、恍惚とうめく。

「きゅうきゅうと、淫らに締め付けてきて。本当に、いやらしくて……ぞくぞくする」

悶える女の身体を腕に収め、支配と独占の欲にまみれた衝動をぶつけ、思うままに女を啼かせていたが、リュカスもまったく冷静でない。

乗り出すようにして上半身でサラを押さえつけ、指で犯しながら、その痴態を餌に自らの欲望を、女の臀部や尾てい骨に擦り付け扱く。

だがそれも長くはなく、つがいを求め降りてきた子宮口が、ねじ込まれた指先に淫らに吸い付いた途端、淫汁を飛び散らせ指が抜かれた。

食い込むほど強く太腿を鷲づかみにして、リュカスは限界まで膨張した男根を上から穿つように膣へ押し込んだ。

「ああああっ！」

獣じみた絶頂の声が、どちらのものかなどわからない。

自由になった両腕を伸ばし、怖い夢を見た子どもの動きで、リュカスの首へすがりつく。

意識は混濁して定まらないのに、熱く蠢く蜜筒と、そこを激しく往来する雄根だけははっきりとわかる。

取り憑《つ》かれたように男の腰が叩きつけられるごとに、抑えられた脚の先が激しく揺れた。

欲望に忠実に、壊れることも構わず純粋に求め合い、肉体をぶつけ、貪る。

限界を迎えた絶頂に叫び、結合する部分が白濁した蜜でどろどろに汚れても、かまわず身体をすり寄せ合う。

皮膚が擦れ合い痛むほど奥深くまで咥え込まされ、力尽くで子宮が犯される感覚に、女ではなく雌として歓喜にむせた。

好きと口走り、もっとと煽り、言葉すらも煩わしくなり舌を絡め、魂まで求め合った時。

ずぶっと生々しい音が胎内から響き、生殖器の境目が完全に消えた。

男の腰が悩ましげに震え、吹きこぼす勢いで精が奥処へと注がれる。

声もなく、ただ感じた。

絡めた指を解かず崩れ、そのまま、荒々しい息だけが世界を満たす。

互いの性が、身体の奥深いところで溶けて混じり合う中、二人は身体を重ねたまま、いつまでも見つめ合っていた。

第七章　新妻は騎士団長を手懐《てなず》ける

春が終わり、木々の新緑が目立つようになると、王都ロンデニアは輝きの季節を迎える。

一年の内で、最も天候が安定する六月だ。

陰鬱な雨雲は姿を見せず、青空を背に、国花である薔薇が街のそこここで花開く。

海が穏やかな時期となるためか、貿易船も、街に出回る品もぐっと多彩さを増し、休日となれば、多くの人が公園や商店に集い楽しむ。

馬車から降りたサラは、市場の賑わいに目を細めながら、王宮の東門から中に入る。

市民に開放された王立図書館や音楽堂がある西門とは違い、軍や外交関係の施設ばかり集まる東門は、少しだけ閑散としていた。

主計官補佐として慣れた道だが、いざ、一般人として通行するとなると、少しだけ緊張する。

突然結婚することになり、仕事をどうするか悩んだサラだが、結局は、引き継ぎを終わらせ辞める運びとなった。

というのも、夫であるリュカスの爵位授与がいよいよ間近に迫っており、領地管理や家政管理といった、貴族夫人としての仕事を学んだり、社交に忙しかったりするからだ。

どちらも中途半端では、皆に迷惑をかけてしまう。

考えた末、上官であったマーキス主計長に相談すると、彼は〝そんなん、騎士団の頭を支えるほうが、大事だろ〟と一刀両断した。

曰《いわ》く、サラが勤務するのは大変にありがたい。助かる。——が。

(リュカス様が、仕事にならないって)

どういうことなのか首を傾げたが、相談したその日、翌日と勤務してわかった。

騎士団長の妻となったサラだ。当然のように、周りに注目されている。

あちらに書類を届けては声をかけられ、こちらからお茶に誘われと、今までになかった人気ぶりだ。

女性達は二人のなれそめを聞きたがり、男性達は、リュカスの溺愛ぶりを酒の肴《さかな》にしようと、新婚生活を聞きたがる。

そんなこんなで仕事が滞り、帰宅が遅くなると、家では盛大に拗ねたリュカスが待ち受けており。

あとはお察しの通り。

昼間は仕事中だからで我慢していた分、サラを構い倒すことに血道を上げ、夜が白むまでベッドで淫らにかわいがりまくる。

身体がもたず倒れるか、子を宿すのが先かといった有様に、仕事を続けるのは無理そうですと回答すれば、マーキスを含む同僚らは、やっぱりとうなずいた後、勝った負けたと金をやり取りしだした。

——リュカスの嫉妬ぶりに、サラが何日で折れるか、賭けをしていたらしい。

ともあれ、手続きや引き継ぎは滞りなく終わり、サラは実に半月ぶりに、王立騎士団本部へ顔を出していた。

人が行き交う回廊の端を、うつむきがちになって進む。

詰め襟の首元にリボンを飾った、浅黄色のオーバードレスに白い丈長スカートは、新妻らしい愛らしさだが、灰色や黒の軍服の中ではひどく目立つ。

共布で作られたヴェール付きの帽子があるから、一目でサラだとわかりづらいが、知り合いに会えば、新婚をネタにからかわれるに決まっている。

(嫌じゃないけれど、今日は時間がないもの。……相手も仕事中なのだし)

両手で抱えた籐籠《とうかご》を落とさないよう気を付けながら、サラが急ぐのは、リュカスが詰める第一騎士団長執務室だ。

扉をノックしほどなくすると、内側から扉が開き、副団長のキャンベル卿が応対する。

「来ていただけて助かります」

「こちらこそすみません」

顔合わせるなりの謝罪合戦に、キャンベルが吹き出す。

「慣れてはいるんですけれどね。さすがに根を詰めすぎかと」

余計なお世話で申し訳ありませんと頭を下げるキャンベルに、いえいえと返し室内に入る。

（うわあ……。想像以上に、ひどい）

執務机の上と言わず、床と言わず、資料や本が重なっている。

部屋の主はといえば、うずたかく積まれた本や書類の塔に囲まれて、せっせとなにかを書いていた。

「集中しすぎです……」

思わず漏らしたつぶやきに、それまで自分の世界に入り、仕事に打ち込んでいたリュカスが顔を跳ね上げる。

「サラ！　一体どうしたんだ」

厳しく寄せられていた眉間が一瞬で緩み、笑顔で出迎えられる。

お互いの気持ちを確かめてから、全力で好意を表現してくるリュカスだが、いつまで経ってもサラは慣れない。

ひょっとしたら、一生慣れないかもしれないなと思いつつ、はにかみながら彼に近づく。

リュカスの前に立った途端、椅子を回転させた彼に、腰を囚われあわてた。

「リュ、リュカス様。人前ですっ……人前」

「大丈夫だ。キャンベルは副団長として、信頼できる口の堅さだ。多少いちゃついても」

「そうではなくて！　もう。……その前にすることがあるでしょう」

照れ隠しに膨れつつ言うと、リュカスが首をひねり、次いで、たじろぎながらサラを下から見上げてくる。

「大胆で嬉しい申し出だが、昼間にここでとなると……やはり」

「なにを考えられたんですか！　そうではなくて。お食事ですっ！　もう」

籐籠を無理矢理リュカスに差しだすと、彼は小さく吹きだし肩を揺らす。

「それこそ、なにを想像したのだか」

意味ありげにちらと、当直室を――リュカスと初めて肌を合わせた場所を見られ、サラは羞恥に赤くなる。

「ふっ、二日も食べてないとお聞きしました。だから……その、差し入れというか」

今度は違う意味で恥ずかしい。

料理にはそこそこ手慣れてきたが、わざわざ人に届ける腕前かどうか、不安だからだ。

「奥方が持って来られた昼食でしたら、手つかずで放置なんかしないでしょう？」

「仕組んだな。キャンベル」

「寝食を忘れてやるにも、程があるということです」

肩越しに手を振り退室しようとしていたキャンベルが、意味深に片目を閉じてからかった。

そうなのだ。

戦時でもないのに、リュカスはここ一週間、仕事を限界まで詰め込んでいた。

その理由は。

「あの、無理をされなくても大丈夫ですよ……？　旅行なら、私はいつでも」

退室したキャンベルを目で追いながら伝えると、リュカスは小さく鼻で笑う。

「俺が行きたいんだ。……爵位授与式までに仕事を片付けて、なにがなんでも、サラと一ヶ月、新婚旅行を満喫する」

言うなりサラを抱え上げ、自分の膝に乗せてしまう。

来週の爵位授与式で伯爵となることが決まったリュカスは、領地の初視察を兼ねて、サラと新婚旅行をすると決め込んだのだ。

「ブライトン伯爵領は、国王の離宮もあるし、王都から近く美術館や劇場も多いが、落ち着いた土地だ。船だって見られる。天候がいい日は、海の向こうに大陸が見える。魚釣りだってできるらしいぞ」

まだ自分も行った事がないらしく、目をキラキラさせながら、街や、風光明媚《ふうこうめいび》な海岸の話をする。

膝に乗せられ、逃げられないと諦めたサラは、楽しげなリュカスを見ながら、籐籠から軽食を渡そうとする。

ところが、サラが出す端から、リュカスは食べさせろと、おねだりしだした。

細切れの牛肉を野菜と一緒にパンに挟んだものや、きゅうりの酢漬けにチーズ。

どれも、仕事の邪魔にならないよう、片手で食べられるように考えたのだが、かえって仇《あだ》になってしまった。

「もう。……自分で持ってください」

食べ物と一緒に、指を舐められたり、囓《かじ》られたりするのに照れ、サラが頬を膨らますと、リュカスが吹き出した。

「それは無理だ。サラを抱えているから。落とさないようにしないと」

「私を下ろして、ゆっくり食べるという選択は」

「悪いが、ないな」

言いながら、早くと急かすように顔を近づけ、耳を甘噛みされてしまう。

じゃれるような、それでいて充分に刺激的な接触に身をすくめると、リュカスがしたり顔で頬にキスする。

誰か入って来て見られたらとドキドキするが、徐々に親密さを増す愛撫に負けた。

「餌付けみたいです」

憮然《ぶぜん》とした口ぶりをつくろうが、内心はそうでもない。

どころか、大人の男が自分に気を許し、甘えてくる姿がかわいいとすら思う。

夫婦というより、恋人のような甘い時間はつかのまで、籐籠はあっというまに空になる。

「会議の予定など、入れなければよかった」

名残惜しげにサラの額へ口づけながらも、リュカスは腕の力を緩める。

仕事を放りなげているようで、時間はきちんと把握していたようだ。

「食べて、時間があれば寝てくださいね。……体調を崩しては、新婚旅行もなにもありません。それに、私はリュカス様が元気で幸せなのが一番です」

片付けながら言った途端、切なげな吐息を落とされ目をまばたかす。

「これだからな。……俺の嫁はかわいすぎる。会議だと言うのに、無意識に煽ってからに」

帰ろうとするサラの腕を引き、伸ばした手で後頭部を捉えると、リュカスは唇を重ねてきた。

素早く忍び込んできた舌は、淫靡な動きでサラのそれと絡む。

午後の光溢れる執務室で、ひめやかな水音が響く。

「ん、ん……。ふ」

夜、抱かれる時に施される激しいものとは違う。かといって、朝、出勤を見送る時の挨拶みたいな接吻とも違う。

緩やかで、甘く、感じさせるより伝え愛おしむ舌戯は、眠りを誘うほど心地よい。

なめらかに口腔を探られ、与えられた愛撫に反応したサラの身体が、脱力する。が、寸手の処でリュカスが止め、舌を抜く。

銀色の糸が二人の間でぷつりと切れ、熱情を讃《たた》えた眼差しだけが気持ちを繋ぐ。

呼吸を整えようと胸に手を当てれば、リュカスが、書類の上に置いていた夫人帽を取り上げサラにかぶせる。

「やり過ぎた。……帽子をしっかり被ってうつむいて行け。他の男に見られるかと思うと、嫉妬でおかしくなりそうだ。今すぐ、仕事を投げて家に帰りたくなる」

「自業自得です」

反論しつつも、自分がリュカスの指示に従うことは、わかっていた。

(きっと、すごく蕩けた顔をしている……気がする)

帽子から下ろしたヴェールごしにリュカスを見る。

「そうだ、サラ」

どこか覚束ない足取りで執務室をよぎっていると、思い出したようにリュカスが呼び止める。

言づてかと首をかしげ、待っていると、彼はすこしだけ難しい顔で話しだした。

第八章　誰が媚薬を盛ったのか？

リュカスに差し入れを渡し、一夜明けて翌日。

サラがいるのは、王都でも服飾を主とする店が集う通りで、女性に一番人気を誇る店だった。

「これなんかどうかしら？　涼しげだから、戸外の催しものにはきっとぴったり」

「そうですね、御髪《おぐし》の色が華やかな分、服の色はこちらのような、白や淡い色が……ブライトン伯爵夫人？」

手を揉みながら、新作ドレスの美点を上げていた女性店員が、怪訝な顔で繰り返す。

「ブライトン伯爵夫人？　ねえ、サラ様」

窓際から街の様子を眺めていたサラは、名を呼ばれ、やっと伯爵夫人が自分だと気付く。

「あっ、はい！　いかがされましたか？」

背筋を伸ばし、恐縮も半ばに部屋の中央へ戻ると、ドレスを吟味していた店員と、連れの女性が、ぷっと小さく吹き出した。

「もう、サラ様ったらいけませんわ。貴族となられているのに」

店員と顔を見合わせ、こちらを伺う女性にサラは肩をすくめる。

（また、やってしまったわ）

苦笑しつつ、内心で自分に呆れる。

リュカスの爵位授与は来週末だが、先だってサラは、ブライトン伯爵夫人という呼称で呼ばれだしていた。

だが、今まで、ただ、サラと呼ばれていただけなので、なかなか耳慣れない。

「あまりからかわないでください。……気兼ねなくという約束でしょう」

肩をすくめて咎めると、女性達はますます声高に笑う。

上客として来ているのに、店員のような言葉使いでは、笑われて当然である。

舞踏会やお茶会など、貴族が集まる社交の場では、それなりに振る舞えるようになったサラだが、友人同然の付き合いをしていた娘たちや、顔見知りの店では上手くいかない。

「それで、こちらのドレスはいかがです？」

気を取り直した店員が、クリーム色の生地に薄い緑色の縦縞《たてじま》が走るドレスを、サラの前に広げた。

胸の中心にお行儀良く白蝶貝《しろちょうがい》が並び、その両脇にフリルが走る。品のいいドレスだ。

「襟元が寂しくはありますが、行く先に合わせて、リボンか造花の飾りをつけて頂ければ、ぐっと華やかになるかと」

「素敵だと思うけれど、大丈夫かしら?」

幼い頃は親が選んだものを素直に身に付け、長じてからは無難な服ばかりを選んでいたので、ドレスや帽子についての知識が乏しい。

人並みにかわいいもの、綺麗なものに心をときめかせる感性はあるが、服装規定はさっぱりだ。

「まあ! 気兼ねなくと仰《おつしや》るサラ様が、堅苦しいことを」

「生真面目なのよ、相変わらず」

茶化されるが不愉快にならない。

というのも、女性店員は同じ下宿にいた娘であり、同行してくれた女性は、リュカスの騎士団で副団長をしているキャンベルの妻リーゼだからである。

「悩むなら、いっそうちの店ごと買われてはいかがです?」

女性店員がそそのかす。

「そんなこと……おっ、いえ、リュカス、に……申し訳ないから、できません」

二度も呼び方をつっかえる。

夫婦となったのだから、いつまでも様付けするなと拗ねられ、夫、ないしリュカスと呼び捨てにすることが決まったのだ。

が、こちらは伯爵夫人の称号より、馴染むのに時間が掛かりそうだ。

「真っ赤になって、初々しいこと。……本当に愛し愛されているのねえ」

意味ありげに、リーゼが窓の外を眺める。

すると、服飾店の向かい側にあたる軽食屋で、副団長のキャンベルが、店員と雑談しながら珈琲《コーヒー》をすすっていた。

昨日突然、買い物には、副団長夫妻と一緒に行けと伝えられた。

買い物など一人でも大丈夫だ。今までだって問題なかったと説明したが、リュカスは心配だから護衛を付けろと譲らず、そうこうするうちに、会議の呼び出しが来てそれっきりだ。

結局、伝えられた時間にキャンベルが妻を伴い現れ、断れず、行動を共にしている。

（過保護度合いが、増している……気がする）

なぜだろう。なにかがひっかかってしっくりしない。

恋に盲目的となり、独占欲から束縛し、息苦しいほど行動を把握したがる男はいるが、リュカスは違うように思える。

今日だって、外出時の護衛以外、おかしな指図はしていない。

内紛や政争の最中なら、伯爵の妻として護衛も仕方なしだが、世間はまったく平和だ。

王の統治も軌道に乗りだし、海岸線を荒らしていた海賊は嘘のように鳴りを潜め、飢饉や災害などの知らせもない。

考えられるのは、リュカス個人に対する恨みだが――。

（そういえば、すべての事情を片付けた後、なんの憂いもない状態で結婚したいと願っていた。だから、好きだと言えなかったと、話していた事があったけれど）

なんの事情なのか、サラはあえて聞いていない。

リュカスは騎士団長で、国家の運営――それも警備治安に関わる要人だ。妻であれ、話せない機密もあるだろう。

末端とはいえ、同じ組織で働いていたサラだ。それぐらいわかる。

（だったら、私はあまり外出しないほうがいいと思うけれど）

騎士かつ、この国でも屈指の剣士であるリュカスだ。

恨みがあっても、害するのは生半可なことではないだろう。

だが、サラは素人な上に女だ。

護衛を付けたがる理由がそれなら、そもそも、出歩かないほうがいいに決まっている。

（任務が大詰めみたいだけど、なにかが変）

戦争直前のように張り詰めた雰囲気だが、外交で問題が起きているようでもない。

軽食を差し入れに行った日に気付いたが、どうも騎士団全体ではなく、ごく一部だけがあわただしい感じだった。

「旅行や、舞踏会用のドレスを揃えている場合じゃない気がするんだけど……」

胸の内でぼやいたつもりが、つい声になっていた。

「また、そんなことを。……かわいいじゃないの。騎士団長ともあろう方が、新妻を着飾らせて見せびらかしたいなんて。女冥利に尽きるわ」

言いながら、リーゼが吊しにある、別のドレスを引っ張り出してくる。

「それでなくとも、サラの美貌が増しているのだもの。俺の女と主張したいのも無理ないわ」

「顔なんて急に変わりません」

「変わるわよ。……肌はしっとりときめ細かいし、髪だって艶々。なにより、うつむくことが減ったのが一番ね。女としての自信が増したせいかしら？」

言われれば、そうだ。

さすが、人妻の先輩は見るところが違うと感心していると、リーゼはとんでもないことを口にした。

「……どれほど夜にかわいがられているの」

ぎょっとした弾みで唾が喉に引っかかり、サラは激しく咳《せ》き込《こ》んだ。だからだろう。うっかり、本当のことを口にしてしまったのは。

「かわいがられているというより、あれは、隙あらば構い倒すの典型で！」

きゃーっと黄色い悲鳴が上がり、あわてて口を押さえるが遅かった。

(だって、本当にそうなのだもの)

長い間、恋愛対象外の地位に留まり、結婚後もお預けを食らった反動か、リュカスは、ともかく、サラに対して親密な交流を求めたがる。

すれ違いざまに、髪やこめかみに接吻するのは序の口。

ソファで膝に乗せ、愛猫に頭が上がらない飼い主がごとく、サラを延々と撫で回す。

つい先週などは、サラが手を怪我したからと、食事から風呂まで世話を焼き尽くされた。

朝食の時に、フライパンから跳ねた油が一滴、手に掛かっただけなのに!

思い出しかけ、ぶるっと身震いして記憶を遠ざける。

あまりにも官能的かつ、微細にわたり磨き上げられ、堪能されつくした入浴は、破廉恥で刺激的すぎた。

夜の生活については言わずもがなで、あらゆる手管でサラを翻弄し、快楽の淵に沈めきる。

初体験同士だったはずなのに、一体どこで知識を仕入れてくるのやらと、悩んだものだ。

退職手続きに行った際、それとなくマーキスに尋ね、〝遠征中の夜は、怪談か猥談《わいだん》〟と断言されて、なるほどと理解したが。

「とっ、ともかく、早く決めてしまいましょう!」

収拾がつかなくなりそうで、リーゼたちではなく、自分に言い聞かせるために大声を出す。

「副団長をお待たせするのは、心臓によくありませんから!」

羞恥のままに叫んだが、艶めいた雑談は、サラが半泣きになって降参するまで、延々と続けられてしまった。

やっとの思いでドレスを選び終え、女性服飾店から外に出ると、向かい側の店で待機していたキャンベルが駆け寄った。

「すみません。せっかくのお休みなのに時間ばかり取らせて」

頭を下げると、リーゼがからりと笑いながら手を振る。

「いいのよ。こういう事でもなければ、仕事で疲れたから家で本を読んでいるとかいって、私、一人で買い物することになるの。張り合いのない」

愚痴りながら、夫である騎士副団長の腹を肘で突く。

膨れっ面をしているが、お互いに視線を交わす様子は、仲がよさげで、サラは少しだけ安心する。

「いい機会ではありました。結婚して五年もたつと、改めて外出に誘うのは、結構、照れくさ……リーゼ！」

混ぜ返していた副団長は突然妻の名を呼び、腕を引く。

だが、一瞬遅かった。

通りがかった船員風の男が、不自然に身を傾けリーゼにぶつかった。

「なにぶつかって来てんだ女ァ！」

突然、怒鳴られたことに身が竦み、次いで違和を覚えた。

（おかしいわ、ぶつかられたのはリーゼさんだったはず）

当人も同じことを思っているのか、夫に支えられ青ざめている。

だが、人通りが多かったので、周囲はどちらが悪いか判別しかねていた。

ただキャンベルだけが毅然《きぜん》と反論する。

「待ちなさい。人の妻にぶつかってきておきながら、その態度はどういう事です」

言いながらリーゼを背後に庇う。

男は、相手が騎士だとわかっても引き下がるつもりがないようで、じろじろとサラたちを見ながらわめき立てた。

「なんだとこら！　お前がぶつからせたのかよ！」

その頃になると、近くにいた仲間の船員も集いだし、キャンベルを囲んで騒ぎたてた。

「サラ様、こちら」

キャンベルが袖を引っ張り、サラに下がるように示す。

リュカスから護衛を頼まれた以上、サラの身が第一なのだろう。

そしてサラがわきまえなければ、キャンベルもリーゼも、上手く立ち回れない。

一つうなずき、店の外壁まで下がりきる。

騒ぎは収まるどころかどんどんと大きくなり、野次馬で他の男らも加わりだす。

はらはらしながら人垣越しに見守っていると、突然、手提げ袋を引っ張られた。

反射的に目を向けたと同時に、ぶつりと嫌な音がして紐と袋が切断される。

「あっ！」

うろたえ声を出すも、周囲の騒動にかき消される。

（どっ、どうしよう）

助けを求め視線を動かす間に、手提げ袋を掴んだ小さな手が背後に消えた。

振り返ると、八歳ほどの少年が駆けだし、店と店の間を抜け路地へ逃げていく。

スリだと気付いた瞬間、後を追っていた。

手提げ袋の中はハンカチや扇、それに財布と執着するようなものではないが、犯人の幼さが気になった。

民に寛容な統治をしているエドワード新王だが、犯罪には厳しい。

王位継承に関わる内紛のせいで、困窮した地方の民が王都に流入し、強盗や誘拐が社会問題となっているからだ。

捕まれば、何歳であろうと鞭打《むちう》ちと厳しい上、常習犯の場合は手首を落とされる。

巡回する王都警備隊や騎士に見つかれば、まず未来がない。

擦り切れた靴に黒ずんだ肘と、貧困の痛ましさを見せつけながら走る少年に、サラは必死で追いすがる。

中流層以上の民が集う商業地区に、少年のように貧しい者は珍しい。
港に近い貧困住宅から出稼ぎに来たのか。
（それにしても、地の利に詳しい……！）
角から角へと小路ばかりを選んで抜け、どんどん人目のない処へと進んで行く。
四度目の曲がり角で、サラは少年を見失う。
（ここは……。王都を囲む城壁近く？）
ずいぶんリーゼたちから離れてしまった。
通路を挟む建物は高く、薄暗い上にまったく見通しが利かない。
わずかに鐘の音が聞こえる。王都は人口に比例して教会の数も多い。
耳慣れない鐘の音を頼りに進む。
戻るより、教会のあるほうへ進んだほうが早いし、人通りも多いと判断したのだ。
辺りに気を配りながら道を進むと、人通りのない路肩に黒い箱馬車が停《と》まっていた。
御者の姿が見えないが、馬はどこにもつながれてない。
馬車が入れるということは、先に続く道は入り組んでいないということだ。
ほっとしながら足を速めたサラは、馬車の扉を見て立ち止まる。
（おかしいわ）
黒い箱馬車など、王都では珍しくない。

だが、目の前の箱馬車は、街の裏さびれた通りを走るには塗装がよすぎた。

むらなく何度も塗り重ね、ニスと磨き布で艶を出すやりかたは、主に貴族が好むものだ。

けれど車体には、貴族らが誇りとすべきものが――紋章がない。

(まるで、人目に付きたくない……いいえ、馬車そのものの出所を知られたくないみたい)

嫌な予感がする。

震える脚を一歩引くと、馬車の影から、サラの手提げ袋を盗んだ少年が飛び出した。

「あっ! 貴方!」

声をあげた途端、ぎょっとした少年が石畳に爪先をひっかけ転倒した。

手助けしようと駆け寄りかけ――だが、できなかった。

どんっ、と背中を誰かに押され、サラは馬車へ向かってよろめきぶつかる。

痛みを堪えつつ振り向けば、顔に傷のある男性が、巨躯《きょく》をもってサラの退路を塞いでいた。

咄嗟《とっさ》に横へ逃げようとするも、行く手を阻むように馬車の扉が開かれてしまう。

――罠だ。

理解した瞬間、青ざめた少年が飛び起き、サラの前から走り去る。

自分を叱咤《しった》し走ろうとするも、馬車の中から伸びてきた手に腕を捕まれた。

息をつめた途端、後ろの男までもが加わり、サラは二人がかりで馬車に押し込まれる。

車内に入った途端、甘く、どこかいがらっぽい香りが鼻腔を刺激した。

（どこかで……）

嫌なにおいだが、記憶のどこかに引っかかる。

甘ったるくて、纏《まと》わり付《つ》いて、なのに頭がぼんやりする。

どこか、誰か。息を止め、辺りを用心深く探っていると、予想もしない笑い声が聞こえた。

サラを馬車に引き入れた男どもとは全く違う、気位のほどがにじむ高音に、サラは馬車の床で膝を打ったことも忘れ、顔を上げる。

手を支えに伏せていた身体を床から剥がすと、目の前には豪奢《ごうしゃ》な金髪の美女――コンウォール公爵令嬢キャサリンが、嘲りを隠さない蒼眼でサラを見下ろし座っていた。

「ごきげんよう。ブライトン伯爵夫人サラ様？　ああ、〝故〟とつけたほうがいいかしら？」

物騒なことを楽しげにいわれ、反発から相手を睨む。

だが、すぐに後ろから伸びてきた手により、濡れた布が口元に当てられ、先ほどから感じていた、甘ったるく頭痛がする匂いが鼻腔を通じて脳を犯す。

（ああ、これは……）

ようやく、嫌なにおいの正体に気付いたサラは、顔をしかめながら唇を動かした。

――これは阿片だ。

意識が戻ったサラは、頭痛と手足の重さでうなされる。

硬い石床の上に転がされているようだ。関節が軋《きし》み、後ろ手に縛られている手首も痛い。

喉もずいぶん渇いていて、息をするたびにチリチリとした嫌な刺激が走っていた。

こほ、こほ、と咳をしていると、暗く定まらない視界の中で影が動いた。

周囲を観察すると、床と同じく凹凸《おうとつ》のない壁が辺りを囲んでおり、箱のようなものの影があちこちに見える。

窓は高いところに一つだけあったが、硝子はなく、鉄格子が嵌《は》まった四角い穴からは、潮の匂いがする風と、ぼんやりした光が入り込んでいた。

(半地下の台所か、ううん、船会社の倉庫かしら?)

だとしたらさっき動いたのはねずみだろうか。

生理的嫌悪から足先を身体に引き寄せた途端、人影がサラを覗《のぞ》き込んだ。

「ッ……!」

ぎくりとして身を強ばらせるが、相手はサラの反応を気にせず、危なげない足取りで部屋を過り、隅のテーブルにある水差しを取ってきた。

「え?　……飲め、って、こと?」

掠れた声をだす。だが、男は先ほどと同じくなにも語らない。

しょうがないので、差し出された水差しから、手がかりを得ようとする。

――不思議な形をした水差しだった。

紅茶のカップとほぼ同じ高さで、取っ手がなく、優美にくねる注ぎ口が嫌に長い。なにより、眼が覚めるほど青いガラスと、刻まれた幾何学模様に馴染みがない。

(アナトリアの品だわ)

大陸の南側にある異教の国だ。

いつだったか、父が遠征の土産で買ってきた硝子杯にも、似たような模様が刻まれていた。細工が美しいので高級貿易品として扱われるが、サラの前にある水差しは飾りが取れ、蓋には亀裂が入っていた。

貿易中の船旅で出た破損品を、普段使いにしているのだろう。

サラに水差し――いや、吸い口と呼ばれる水飲みの器を差しだす男にも、注意を向ける。

艶のある黒髪に、日に焼けた肌。

筋肉と太い骨格は、肉体労働の痕跡を示していたが、動きは機敏で粗野さがない。

馬車に押し込まれた時は、とんでもない巨人に見えたが、改まって向かい合うと、そう恐ろしいと思えなかった。

サラを強引に拉致したならずものだが、服や仕草に品がある。

(どことなく、リュカス様に似ている)

船員にしては品がよく、動きにそつや無駄がない――騎士を連想させる動きに、ますます状況がわからなくなる。

男は、床に寝ていたサラを丁寧な手つきで起こし、吸い口を口元にあてて、飲めと促す。

だが従えない。

変な薬を嗅がせてサラをこんな目に遭わせた奴だ。騙してまた眠らせる気なのかもと思う。

男と硝子の吸い口へ、交互に警戒の視線を走らせていると、彼は側にあった椅子からクッションを取り、サラの背にあててやってから、吸い口の中身を掌に注ぐ。

それから、ごくごくと手本を示すようにして水を飲み、安心させるようにうなずき、また吸い口を差しだす。毒味のつもりなのだろう。

「そんなことされれても……」

悪党に似合わぬ気遣いと優しさに戸惑っていると、彼は首をひねり、唇を開く。

飲む、早く回復する。殺さない。――の助けはすぐ来る。

声もなく、単語だけの簡単な意思伝達は、人名らしき部分だけ、嫌に読みづらかった。

(殺すことはないから、体力を回復して、逃げられるようにしておけってこと？　でも)

この男は味方なのだろうか。

サラの前に姿を現したことから、キャサリンがなんらかの指示をしているだろう。

なのにサラを助け、希望を抱かせるようなことをするなんて。

考えたが、他になにができるわけでもない。

ともかく、男が伝えようとしていることは正しいと判断することにした。

殺害だけが目的なら、サラがここで目覚めることはなかったし、助けが来た時に動けないのでは、相手までも危険にさらす。

覚悟を決めて、身を乗り出し吸い口を唇に咥えると、男はサラを窺いながら手を持ち上げた。

冷たい水が喉を癒やし、オレンジと薄荷《はっか》の香りが口腔内に広がった。

薬かと思ったが、闇に慣れた目は、吸い口の中で揺れる葉や果肉を見つけてしまう。

場所はずいぶん酷いが、待遇は悪くないらしい。

空になった吸い口を持って男が部屋を出て行く。

「誰かしら」

背にあてられたクッションごと壁にもたれ掛かる。

彼が首魁《しゅかい》かとも考えたが、それだとキャサリンの役割がなんなのか。

(王子って言ったように見えたけれど……)

王子。そう、王子の助けは来ると言った気がする。

だが、現在の王であるエドワードは独身だ。息子どころか妻さえいない。

比喩的なものだろうか。だとすると——。

(リュカス様のことかしら)

サラにとっては彼が王子だ。幼い頃、初めて見た時からその印象は変わらない。

身分をものともせず、騎士団長まで昇り詰め、伯爵という地位まで得た。

そして誰よりサラを大切にしてくれる。

だが、そのリュカスは今日、王が臨席する重大会議に出るとかで、一日中連絡が取れないと聞いていた。サラになにかあったと気付く可能性は低い。

背筋を冷たいものが走る。自分の死を意識したからだ。

(怖い、けど、怖いと思っちゃだめ)

頭を強く横にふって気を保つ。怖さに負けたら心が折れる。

父を失い、貴族令嬢でなくなったサラは、他の娘たちと違いそれなりの経験を積んでいた。

支払いが遅いと怒鳴る職人や、品物の不足を指摘した途端、女がと脅しにかかってきた貿易商。それらを相手にするうちに、怯めば負けだと学んでいた。

相手の言い分を引き出し、冷静に対処する。迷ったら、自分を守ることを優先する。

上司や同僚から口を酸っぱくして言われたことを、胸に繰り返しながら、サラは体力温存の為、背のクッションにもたれ掛かる。

(あれ?)

身体を起こしてからは手首が痛まない。心なしか縛り方も緩い気がする。

壁にこすりつけたら解けないかと、身をねじってあれこれ試していると、予告もなく扉が開いた。

「ごきげんよう、サラ?」

キャサリンだ。ランプを持った侍従を二人も従え、楽しげに笑っている。

まぶしさに慣れるためまばたきを繰り返していると、彼女は花道を歩く女優のように、気取った仕草でサラへ近づいてくる。

「あらあら、怖くて声もでないのかしら」

邪悪な笑みを浮かべ、優越感たっぷりにキャサリンがサラを見下す。

なぜ、どうしてこんなことを。

聞きたい気持ちは山ほどあったが、今は堪えて沈黙を守る。

サラがうろたえ質問しても、キャサリンは絶対に応じたりしない。

逆にサラが焦れ、取り乱すのを嬉々《きき》として楽しみ、自尊心を満足させるだろう。

けれど、サラがなにも言わなければ、逆に自分を誇示しようとキャサリンは勝手に話す。

それが正しいという風に、我慢できなくなったキャサリンが語りだした。

「本当に邪魔な子。貴女さえいなければ、私がリュカスの妻になれたのに」

そうだろうか。

キャサリンは落ち目といえど公爵令嬢で、社交界でも名うての美女だが、リュカスの好みでない気がする。

人も羨む成功を歩むリュカスだが、暮らしぶりは堅実で放蕩や享楽とは縁遠い。

どころか、金を使って人の気持ちをねじ曲げたり、押しつけたりすることを嫌う気配がある。サラへの対応一つをとってもわかる。彼は金があるからといって、高価な服や宝石を与えたりしない。必ず、サラが欲しいか、喜ぶかを考え、恐縮しすぎないように配慮する。

顕示欲と自己主張が強いキャサリンとは、合わないだろう。

(愛されている自信があるから、愛する人のことがわかる。彼は、キャサリンを選ばない)

引け目のあった頃は、自分より公爵令嬢であるキャサリンのほうが、リュカスの妻に相応しく、彼を幸せな人生に導けると考えたが、今は違う。

自分の唯一はリュカスで、リュカスの唯一でありたいと思う。

内心の主張が顔に表れていたのだろう。キャサリンはいらいらとした態度で、サラを爪先で突きながら、否定しだす。

「なれるのよ。だって、私には恋敵を黙らせる力があるのだもの。……これでね」

言うなり、ドレスの開いた胸元から銀色の煙草入れを取り出す。

「阿片という麻薬よ。知ってる?　とっても気持ちよくなれるお薬なの。一度使うと病みつきになって、これ欲しさに、男も女も私の言いなり」

「……そうかしら?　淑女であれば、煙草を吸ったりしないわ」

生真面目という印象に相応しく正論を述べれば、キャサリンはけたたましい嘲笑を放つ。

「そうね。最初はそう。だから、獲物にした娘をお茶会に誘って、異国の珍しい香だと騙して、部屋中に焚いたの。……お茶に睡眠薬を入れていたから、眠っている間に中毒者ってわけ」

その間、自分は別の部屋に避難し、手下が増えるのを心待ちにしていたのだろう。

(卑劣な……)

いろんな疑問が頭の中で繋がる。

社交界に顔を出すようになって気付いたが、キャサリンの高慢かつ享楽的な性格は、目上の者たちには好まれていない。

にも拘わらず、彼女は男女問わず、若い貴族令嬢や子息を侍らせていた。

「あとは働きに応じて、煙草に混ぜた阿片を与えれば完璧。……同じ貴族だもの。舞踏会や歌劇場で、いくらだって機会はあったわ」

「なんてことを……!」

いつだったか、舞踏会でキャサリンから甘く、いがらっぽい香りがしたのを思い出す。

——あれは阿片煙草だったのだ。

彼女自身は中毒者ではないだろうが、虜となった取り巻きは、禁断症状に耐えきれず、その場で一本吸ったに違いない。だからドレスに匂いが残っていたのだろう。

すぐに気付くことができていれば、リュカスに相談し、法に則《のっと》り対処できただろうに。

「おかしいわ」

阿片を手に入れるには、王の許可が必要だ。

使い方を間違え悪用すれば、とんでもないことになるからだ。

だとすれば、考えられるのは密輸だが。

「国内の各所に遠征し、治安に尽力する騎士団長は天敵でしょう？　妻になるなんて」

リュカスの仕事は戦争ばかりではない。港や要塞など、戦争の際に重要となる地点の視察や、治安保持も含まれている。キャサリンが密輸に手を出しているなら、相容れないはずだ。

「だからよ。……本当に、あの男は、貴女以上に邪魔だわ。折角、父様が作り上げた秘密の海路を、ことごとく潰すのだから！」

駄々《だだ》っ子そのままの癇癪《かんしゃく》で床を踏みならし、キャサリンは怒りにまなじりを上げる。

（……繋がった）

現在のエドワード王が他の王子と玉座を争い戦っていた頃、キャサリンたちコンウォール一族は、敵対する勢力に属していた。

終わりがけになり寝返って来たが、エドワード王は身勝手で忠義もない行動に冷淡だった。

非協力的だった見せしめに、コンウォールの領地を削減したのだ。

結果、キャサリンたちの一族は、領地貴族としての税収が落ちた。

慎ましく暮らせば問題ない収入はあるが、大貴族としての栄華を知る故に、彼らは我慢が利かなかった。

危険を承知で密輸に手を出し、密かに財を蓄えようとしていたのだ。

けれど王の有能な騎士団長が先手を打って、密輸がしにくい環境を強いていく。

上手くいかないことに業を煮やしたコンウォール公爵らは、美貌の娘を使いリュカスを手懐け、味方に引き入れるか、あるいは——他の貴族子女と同じように、麻薬で虜にしたかったのだろう。

「……リュカスに媚薬を盛ったのも、貴女なのね」

ずっと不思議だった。誰がリュカスに媚薬を飲ませたのかが。

遠征成功を祝う宴で人が入り混じっていたから、相手はわからないと説明されたが、なにかがひっかかっていた。

媚薬を飲ませ、そのままにすれば、別の娘で緩和することになる。

必ず、リュカスを追い込もうとしていたはずだし、どうなったか様子を探りに来たはずだ。

だけど、それらしい娘はおらず、ずっともやもやしていた。

(でも、〝娘ら〟なら、わかる)

結婚式の日、居間でサラをけなしていた娘達を思い出す。

キャサリンとリュカスに縁談があったとか、媚薬を盛って結婚を迫ったとかを、話していた娘らだ。

当時は、サラもいっぱいいっぱいで冷静になれてなかったが、この状況で理解する。

——彼女らは、あまりにも知りすぎていた。

媚薬だ、縁談だと、的確にサラを脅し、怯ませる言葉を使っていたが、裏を返せば、サラとリュカスになにがあったか、感づいていたか、感づいた者にそそのかされているとわかる。

「そうね。……穏便に床を共にしていただけたら、こんな手間もなかったのに。残念だわ」

キャサリンが、サラを敵視していた訳である。

恋路を邪魔したどころか、計算された結婚の罠を、偶然と献身だけで踏み潰してしまったのだから。

「でも、もう終わり。……こんなちっぽけな島国なんかとっとと捨ててやる。最後に大量の麻薬を売りさばいて、その金で異国へわたるの。そこで私は女の栄華を極める。リュカスなんてどうでもいいわ」

計画が上手くいかなくなったから、逃げようとしているのだろうか。

(だとしたら、どうして私が?)

捕まえ、殺さず、計画を話した理由がわからない。

焦り考えていると、キャサリンについていた従者の一人が、サラを立たせ、羽交い締めにした。

「なっ……やめて！　離して！」

もがくが、女の力ではどうにもならない。

「離すわけないでしょう？　貴女はリュカスに対する囮《おとり》なんだから」

あはは、と高笑いを響かせるキャサリンを前に、手足をばたつかせる。

髪もドレスも乱し、暴れるサラを煽り、楽しげにうろついていたキャサリンは、別の従者が運んできた道具を前に唇を歪めた。

「最愛の妻が麻薬で廃人になっていたら、追っ手を指揮するどころじゃないでしょうね？」

——目の前で、煙草の先に火が点《とも》される。

助けてと叫び悲鳴をあげたいけれど、口を開いた瞬間、麻薬煙草を吸わされる。

恐怖に震えようとする脚を叱咤し、必死で唇を引き結ぶ。

顎の付け根を掴まれ激しく揺さぶられる痛みを我慢し、歯を食いしばっていると、苛立ったキャサリンが手を振り上げた。

「強情ね！　アンタなんか、麻薬どころか媚薬漬けにもしてやる！　そして娼館に売り飛ばすわ！　決めたわ！　そうしてやる！　絶対に！」

殴られる。痛みと衝撃を察した身体が強ばった時、激しい物音が背後で聞こえ、風と光がサラの頭上を通り抜けた。

間を置かずして男が絶叫を上げ、金臭さとともに鮮血が散る。

血糊《ちのり》は、サラに向かい合う形で立っていたキャサリンの顔を、びしゃりと濡らす。

「ひぃっ……！」

声を引き攣らせ、老婆のような表情となったキャサリンが、身体をふらつかす。

「サラ！」

誰よりも耳に馴染んだ男の声が響き、考えるより先に身体が動いた。

「リュカスッ……！」

伸ばされた腕に飛び込めば、すぐに身体ごと抱き締められる。

覆い被さるようにして妻を守るリュカスの手指に、細身のナイフが挟まれているのを見て、サラはようやく、先ほどの光がなんだったのかに気付く。

未だ呻き、のたうつ相手を目の端で見ると、上腕に深々と刃が刺さっていた。

「見るな。気分が悪くなるぞ」

そこだけ声を和らげ、あやし、リュカスはすぐキャサリンへ顔を向けた。

「……俺の妻に、よくも」

サラに対するものとは違う、低く殺気だった声色に、キャサリンが息を呑む。

「わ、私は、そんな……！　違うの！　私も被害者なの！　父や親族たちに脅されて仕方なく、ねぇ！　そうでしょう？　ねえ！」

負傷した従僕の袖を掴み、同調するよう求めるが、ナイフが刺さった状態の腕を引っ張るなど、考えられる最悪の加虐だった。

雄叫びが部屋を揺るがし、キャサリンの従僕は主を突き飛ばしながらもがく。

遠慮なしの力で押され、吹き飛んだキャサリンは、テーブルにぶつかり、そこに置いていたランプが床に落ちて割れる。

刺激臭が漂ったのも一瞬。

ランプの軸芯に残っていた炎は、すぐさま容器から溢れた白精油に燃え移る。

絶叫が耳をうち、部屋中が白い光で満たされた。

キャサリンの足下に灯った炎は、さらなる餌を求めるように、彼女のドレスについた製油の染み伝いに燃え広がる。

「いやあああああっ！　誰かっ！　誰かぁ！」

恐慌状態のまま叫び、助けを求める女の声が耳をつんざくが、手助けなどできない。

身を這《は》い回る火を叩き、腕を振るごとに、キャサリンのドレスを飾る造花が炎球となって、部屋中に散る。

同時に、同じテーブルにあったもう一つのランプを、手で払い飛ばす。

「ッ……！」

キャサリンに背を向けるようにしていたリュカスが、息を詰める。

だが、何があったか問う前に、リュカスはサラを抱え上げ、力いっぱいに床を蹴った。

風景がとんでもない速さで視界を過ぎる。

途中、柄の悪そうな男と剣を交わす騎士や、悪態をわめきながら、荷物を運び出そうとする者もいたが、すべてを無視してリュカスは建物の外に出る。

怖くて閉ざしていた目を開くと、両側から迫る倉庫の影で夕日が美しく朱光を放つ。

そんなに時間がすぎていたのか。いや、建物に遮られ夕日が見えるのは何故か。

わからず混乱していると、ならずものを逃すまいと輪を作っていた騎士団員が、焦りながら近づいてきた
「団長の服に火が燃え移っているぞ！　水だ！　水を！」

声に誘われ夕日と思っていたものを凝視し、サラは悲鳴を上げた。

キャサリンの身を飾っていた造花が、油の火とともにリュカスの軍服に張り付き、根を下ろし、赤々と燃えている。

「やっ、だ……駄目ッ！」

消さなきゃ、痛いのに、可哀想なのにと腕を伸ばすが、すぐに手首を捕らえられた。

嫌だ、貴方が傷つくのなんて、絶対に嫌だと叫びかけた声は、強引に口づけたリュカスの舌に絡め取られる。

死んでも解かないと言わんばかりに、声も、息も、理性も奪われ、サラの頭が真っ白になる。

緊張と混乱に限界を来し、意識が飛んだ時。

二人へ向かって、四方八方から水が浴びせかけられた。

第九章　騎士団長は永遠に妻を溺愛する

「どうしてあんな無茶をされたのです！」

事件から三日後、屋敷にある夫妻の寝室で、サラは手にした木綿布に軟膏を広げる。

すっかり寝る準備を終え、妻の手当を待ち諸肌《もろはだ》を脱いでいたリュカスは、サラの質問に面白げに答えた。

「無茶をしたのはコンウォール公爵令嬢だぞ。俺だって、炎を背負うことになるなんて、ちっとも思わなかった」

おかしげに喉を震わされるが、見ていたサラは自分が死にそうなほど心を痛めた。

錯乱したキャサリンが払ったランプが、リュカスの肩に当たり、炎上したのだ。

幸い、頑丈な軍服に守られ、燃え移った火の派手さからは信じられないほど、リュカスの傷は軽かった。

赤子の手の平ほどの大きさで、肌が水ぶくれしただけで、後遺症もないと診断されていた。

とはいえ、感染症などが怖いので、こうして軟膏で覆い保護するのだが。

「どちらかと言えば、サラがベッドで俺の背中につけた爪痕のほうが、痛い」

「もっ……もう！　そうやって、閨ごとの冗談にしないで！　本当に心配したの！」

今だって泣きたいぐらいだ。

余裕綽々《よゆうしやくしやく》な夫が小憎たらしくて、サラは予告なしに湿布を傷に貼り付けた。

染みたのか、リュカスがくしゃっと顔をしかめるが、今は労るだけの余裕がない。

あの後、リュカスは気絶したサラを救護班の医者に任せ、自分は、濡れた布を当てただけで陣頭指揮を執り続けていた。

王都を騒がせたコンウォール公爵領密輸事件は、キャサリンが語り、サラが予測した通りの概要だった。

新王エドワードの対抗勢力に属していたコンウォール公爵家は、終戦間際に寝返ったことで、家督没収の危機から逃れたが、領地を大幅に減らされていた。

その損失を補い、領地を取り上げた王に復讐《ふくしゆう》しようと、敵国からの麻薬輸入を目論《もくろ》んだ。

麻薬密輸は危険が高い分、利益も大きい。

戦後の混乱に乗じて、麻薬の密輸に筋道をつけ、資金を調達する。

ゆくゆくは王都の貴族を中心に麻薬を蔓延させ、王位転覆を狙うつもりだったらしい。

ところが、ブリトン王国での戦後の混乱は、王の片腕たる騎士団長リュカスにより、あっというまに沈静された。

どころか、以前より治安と警備が向上し、密輸自体がやりにくくなったと言う。

公爵一族は、キャサリンの美貌と麻薬で、邪魔なリュカスを骨抜きにし、形勢逆転を図ろうとするも、当の本人はどんな誘惑にも応じない。

舞踏会や王宮と、綺麗な娘たちで取り囲み、ドレスの谷間から胸をちらつかせても、眉一つ動かさず、さっさと場を立ち去ってしまう。

当然だ。彼はサラ以外、まったく興味がなかったのだから。

手を焼いた公爵は、媚薬を盛ってキャサリンに既成事実を作らせ、強引に姻戚となろうとしたが、一手早く気付いたリュカスは逃げてしまう。

駄目押しに、リュカスが恋い焦がれ、唯一、彼を性的に興奮させられるサラが、彼の前に飛び込んできて。

即日電撃結婚、辺りをはばからぬ熱愛ぶりと来れば、望みはない。

キャサリンは、リュカスを誘惑するためと、家が傾くことなど考えず、高価な宝石やドレスを付け払いで購入しており、金額を知ったコンウォール公は青ざめる。

男一人意のままにできず、放蕩《ほうとう》するしか能のない娘など、我が一族に要らぬと叩《たた》き出された。

キャサリンは、すべてサラとリュカスのせいだと思い込み、二人を酷い目にあわせ、ついで、王都に残った麻薬を売り、その金で国外へ亡命しようとあの騒ぎだ。

「王命で、貴族子女に蔓延する麻薬の出所を探るうち、コンウォール公爵一族が犯人だと気付いた。部下に内偵させ、潰せるよう手を打っていたのだが、……令嬢が、ああまで無計画かつ、無謀に動くとは思わなかった」

国王の御前会議で連絡が取れないはずだったリュカスが、サラの元に現れたのは、密偵——あの無口な男——が、急を知らせてくれたからだ。

「鎮圧があと一日早ければ、と悔やむ」

サラが囚われた日の夜に、騎士団が倉庫と公爵邸を同時に叩く予定だったとつぶやき、リュカスが頭を振る。

「私も、危機感が足りなかったのだと思います。護衛がついているのだから、なにかが起ると、気を引き締めていなければならなかったのに」

互いにしょんぼりしてしまう。サラはリュカスが怪我したことが、リュカスはサラが誘拐されたことが、悔やまれるのだ。

「だが、まあ、変な意味では助かった。……面倒なものが消えた」

うつむいたサラの頭をぽんぽんと軽く叩き、リュカスが笑った。

細めたまぶたの間から覗く、藍色の眼と金の虹彩で、もう一つの事情を思い出す。

彼が、サラに恋しながら、好きだと言えなかった事情。それは。

(現国王エドワード陛下の異母弟にして、従兄弟だなんて)

事後処理を副団長のキャンベルに任せ、自宅で怪我を癒やすようにと王に命令されたリュカスだが、新妻に看病される幸せだけに浸れた訳ではない。

事件が新聞記事となった途端、心配した市民が大勢、屋敷に押しかけてきたのだ。

ほとんどは家政婦長のミルテと、家令のジョージに撃退されたが、彼らでも追い返せない強者がやってきた。

国王のエドワードだ。

彼は、護衛代わりに年老いた侍従長を一人連れ、そこら辺にある鞍《くら》を適当に付けた黒馬にまたがり、鼻歌まじりにやってきた。

そして第一声で『やあ、サラ！　久しぶり。私の不出来な異母弟は元気にしているかい？

ちなみに、下半身のことじゃないよ』と明るくのたまい、サラを面食らわせた。

久しぶりと言われてもまったく面識のない人だし、リュカスに兄はいないし、いきなり下半身の話をされても困る。

思考停止を起こし、固まっていると、異変に気付いたリュカスが寝室から駆けつけ、サラになにをしたと、天衣無縫なエドワードの襟首を掴む。

いまにも殴り合いが始まりそうな空気に、誰かと叫ぶと、奥から現れたミルテが目を剥《む》いて言った。

「おやまあ、エドワード国王陛下」

近所に住む甥《おい》っ子でも訪ねてきたような軽さに、サラが目眩を起こしたのは言うまでもない。

ミルテとジョージの仲裁を得たエドワードは居間に招かれ、不満顔のリュカスと、困惑するサラを前に、一時間かけて紅茶を愉しみ、それから連れていた老侍従長に向かって指を鳴らした。

天鵞絨張りの箱の中にあったのは、爵位証明書と新設されたブライトン伯爵家の紋章指輪、それに、サラとリュカスから始まる家系図が入っていた。

爵位授与式に参加できぬようだから、見舞い代わりに持ってきたと嘯《うそぶ》き、リュカスが頭を抱える様をニヤニヤ笑って観察していたが、エドワードは、リュカスの兄としてサラに伝えたいことがあったのだろう。

女主人として玄関まで見送るサラに、まるで独り言のようにして伝えた。

——もう、危険な真似はさせないから心配するな。と。

戦争も玉座争いもないように、責任を持って統治すると、別人のように威厳のある声で宣言し、こう続けた。

——だからサラ、怖かったからといって、リュカスを見限らないでくれ。お前があいつを見捨てたら、あいつはきっと手に負えない。

誘拐され、麻薬を呑まされそうになり、自分を守って夫が負傷した。

悲劇の要素山盛りな状況に心が折れ、サラがリュカスと別れ、逃げるのを心配したから、エドワードは来たのだと気付いた。

たから、大丈夫)

（でも、これぐらいでは別れない。怖かったけれど、リュカス様が助けに来てくれるとわかっ

愛しているし、信じているから別れませんと笑顔で返すと、エドワードは、なんだかすごく疲れた顔をし、後頭部を掻きながら王宮へ帰っていった。

後日、さすがリュカスの嫁だとか、前騎士団長の娘だけあって豪胆とか、女性に対する褒め言葉としてはどうかという賞賛を、重鎮たちに述べていたとか、いないとか。

いずれにせよ、リュカスが王子だと言われても、あまり違和感がない。

王都に多くいる孤児たちの中から、リュカスだけ父に引き取られたことや、剣技や軍略だけでなく、礼儀作法や舞踏まで習わせていたことを考えると、嘘ではないのだろう。

事実、彼の母親は、死の間際にサラの父へ伝えたそうだ。

――〝王子として生きて欲しい、ではなく、王子としても生きていけるように〟育ててほしいと。

「本当に、いいんですか。……その、公表しなくて」

神妙な顔で尋ねると、リュカスは小さく吹きだし頭を振った。

「いいもなにも。今更、主張して話をややこしくするつもりはない。俺が王子だと公表すればまた国が荒れる。それは望むところじゃない」

誰も犠牲にしたくないんだ、と伸びをして、リュカスはサラを見つめた。

「俺は、サラを幸せにするだけの地位があれば充分だ。……王子を示す焼き印も、この火傷でわからなくなった。もう、正体がバレて誰かが犠牲になるとか、巻き込まれるとか気にしなくていい」

リュカスはずっと一人で耐えてきたのだ。母の死も、そしてサラの父の死にも。

自分にとっては、なんの価値もない〝王子〟という称号で、大切な人が失われていくのを。

「サラを失えないと思った。すべてを片付けるまでは、手を出せないと思い続け、やっとしがらみから解放された。これで、気兼ねなくサラを愛せる」

清々《すがすが》しい顔で告げられ、サラはたじろいでしまう。

語られた覚悟一つで、どれほど以前から愛されていたのかがわかったからだ。

嬉しいとか、幸せを感じるより、照れくささが強い。

二度と手に入らないと諦めていた初恋相手が、こんなに自分を好きでいてくれて。

「そ、そう……ですね」

火傷を覆う湿布の皺を伸ばし、リュカスの身体に包帯を巻き付けることで、サラは赤面した顔を見られなくしてしまう。

けれど、ほのかに朱を帯びた指で、サラの恥じらいに気付いたのか、リュカスは意地悪な事を聞く。

「それともサラは、王となった俺の寵愛を、他の女と競ってみたかったか?」

からかいを含んだ声に、力いっぱい、サラは顔を横に振る。

キャサリンや、その取り巻き令嬢がリュカスを囲むのにも手を焼いた。

国中の美女や令嬢と、王妃の座を競い合うなんて、絶対に無理だ。

「そんなに引き攣った顔をしなくても、俺の愛は永遠にサラ一人だけのものだがな」

さらりと惚気《のろけ》られても困る。しかも、本人の前なのに。

「お世辞を言うより、傷の治療に専念してください」

背後から前へ手を回し、端で結び目を作った途端、サラはリュカスから引き倒される。

寝台で脚を伸ばすリュカスの上へ、しなだれかかる格好となり、サラが眼を白黒させていると、彼は無邪気な、それだけに恐ろしい顔でにっこり笑った。

「なにを言っているんだか。まだ治療する場所は残っているぞ」

「えっ、どこか他にも傷が……ッッ！」

うろたえ、リュカスの身体を眺め回していると、目の前で大きく毛布がよけられ、見た目にわかるほど堂々と昂ぶるものを示される。

「ガチガチに膨張してどうにも鎮《しず》まらん。サラ、なんとかしてくれ」

口調こそ懇願だが、腕を組み、威張った表情で裏切っている。

「なっ、なん、なんとかって」

別に初めてではないし、夫婦としてそれなりに回数を重ねてきたが、この展開はない。

羞恥に悶え、おろおろするサラの姿がそそるのか、リュカスの目が期待と興奮で輝いている。

なるだけ下肢に眼を向けまい、直接見るのははしたないと理性が訴えるのに、どうしてか、ちらちらと視線を送っては、太さを増した肉茎や、狂暴なほど浮き立つ血管などを目にしてしまう。

その度に肩をびくつかせ、急いで顔を背けるのだが、リュカスにとっては、それさえも愛らしく楽しいものなのだろう。

時間はどんどん過ぎていく。

サラがこんなに困っているのに、もういいぞとは言ってくれない。

他の事はすべてサラに尽くして譲るのに、ベッドの上だけは暴君なのだ。

(女からするのは、娼婦でもなきゃ駄目。常識じゃない。……でも、怪我して動きづらいのかもしれないし、私を庇った結果なのだし)

すべき理由と、すべきでない理由が、頭の中でごっちゃになっている間も、身体だけはどんどん興奮し熱くなる。

まずは手かと覚悟を決めるが、指がばらばらに空を弾くばかりで、リュカスの身体に辿り着けそうにない。

(ああ、どうしよう)

心底困り果て、天井を仰いだ途端、リュカスの手がサラのそれに重なり、操るようにして自分の股間へ導いてしまう。

　手の平に触れた男根の熱さに息を詰め、手を離そうとしても無駄で、リュカスはサラの手ごと自分の逸物《いちもつ》を握り込む。

「っは……。柔らかいなサラの手は。小さくて、細くて……緊張と好奇心でぶるぶる震えてる」

　重ねる手に力を込め、もっと露骨に己を握り密着させる。

　握らせるだけでは物足りなくなってきたのか、リュカスは自分の手もサラの手も一緒くたに上下させ、淫らな節をつけてしごかせる。

「やっ、やんっ……、やぁ」

　触られているのではなく、触っているのに心臓がどきどきし、腰の奥がきゅうっと絞まる。

「かわいい声を出しても駄目だ。ほら、もっと卑猥に指を沿わせてみろ」

　難しい注文を付け揺する手の中で、肉塊がぐうっと大きく膨張する。

　このままどこまで大きくなっていくのか。

　興奮とも好奇心ともわからない情動が、サラの中で強まっていく。

（ずずっ……て！　ずずずって、なにか、動いてるわ！）

　未知のものが示す反応に目を大きくしただけで、リュカスは内心を見抜いたようだ。

「子種が……、迫《せ》り上がってきてるんだ。早く、サラの中にぶちまけたいと」

どこでそんな卑猥な言い方を覚えたのか。驚嘆しつつも手が離せない。

いつしか身も乗り出していて、サラはリュカスの脚にまたがっていた。

「はっ……っ、う、く」

放出を堪える男の声が、嫌に官能的に脳髄へ響く。

切なく寄せられた眉や、薄く開いた唇から漏れる歯が、たとえようもなく色っぽく、先を知る身体に引きずられるようにして性が疼く。

乳房が重みを増し、腰がゆらゆらと揺れ始める。

擦り合わせた太腿の真ん中では、秘唇が、誘うようにひくつきだしていた。

サラに手淫を強いながら、リュカスは片手だけでサラの寝間着を剥《は》いでいくが、触れる男根の反応に夢中なサラは気付きもしない。

肩紐《かたひも》が解かれ、呼吸ごとに揺れる胸から、寝間着が落とされる。

「ンンぅっ……!」

布が胸の尖りをかすめる刺激はよすぎて、背骨が弓なりにのけぞった。

体勢を戻すと、剥き出しの太腿で男の体躯を挟んだ自分が目に入る。

胸も腹も暴かれているのに、腰だけに薄絹が纏わり付いた艶姿《あですがた》は、サラは勿論、リュカスにとっても刺激が強すぎた。

「あっ、やっ……まだ、おっきくなる」

感情が勝ちだすと途端に言葉使いが幼くなるのに、サラだけが気付けない。

純粋に驚き、うろたえる妻の声にリュカスの限界も近かった。

「まずいな。……一度出さないと持ちそうにない」

己が主体となって交わる時とは違うのか、いつもよりかなり早く結合が望まれる。

「サラ、腰を浮かせてくれないか」

おねだりの姿をとり、その実、指が沈むほど強く女体を掴み、リュカスは望むままに操っていく。

恐ろしく大きく成長したものを受け入れたら、自分はどうなってしまうのか。

そんな不安と好奇心が、サラの身体をくねらせ、男の望みを焦らし煽る。

だが長くはない。

我慢しかねた雄は、己の男根を行き来する女の手から指を外し、両手でもって腰を捕らえる。

一瞬にして位置を合わせられ、目を大きくした時には、丸く膨らんだ尖端が濡れる秘裂を押し開いていた。

「あっ……！」

短く声を上げたのと、長い竿《さお》が押し込まれるのは同時だった。

ぐちゅん、と淫猥な濡れ音が響き、一気に蜜窟を穿ちつける。

「っああ、……あ、あーッ！」

熟れてとろとろになった女壷は難なく剛直を呑み込み、うねりながらそれを締め付ける。

「ああ……。なんて、熱くていやらしい」

中へ納めきったリュカスが、淫蕩《いんとう》を隠さぬ顔でうっとりとつぶやく。

その一方で、衝動にまかせ、ぐいぐいと怒張を押しつけるのだから堪らない。

膨らみ、降りてきた子宮を淫らに擦り上げ、時折、とんとんと叩くようにされ、嬌声がとめどなく唇から溢れ、口端から唾液が垂れてしまう。

ねばつくものが肌を濡らす感覚が、上からも下からも沸き起こり、むず痒さとなってサラの腰を震わす。

間断なく遅い掛かる緩い絶頂に、限界を恐れる身体が浮くが、膝に力がはいらないのですぐ崩れてしまう。

「いっ……ひ、あ、あああぁ!」

ずどんとした衝撃とともに、自重を乗せた媚悦が身体を貫く。

もう、じりじりとした動きはできない。

リュカスが下から腰を打ち付けるのに合わせ、サラの身体も浮き沈みを繰り返す。

男の身体の上で、激しく乳房を揺らし、与えられる快感だけをひたむきに貪れば、より身体は淫らに進化する。

頭が朦朧とし、目がとろんと蕩け、艶めかしく揺らぐ上体から雌の媚態《びたい》が匂い立つ。

その様子に煽られたのだろう。腹にサラを乗せ、胸が揺れる様子を愉しむように揺すっていたリュカスが、突然、顔を歪め吐き捨てた。

「たまらないほど、煽ってくれるッ……」

言うなり、彼は掴んでいたサラの腰をそのままに半身をひねる。

「きゃ……ぃ、あっ、ああっ」

結合した部分ごとひっくり返され、奥処をくじられながら仰向けの状態にされる。

うろたえ喘いだのも束の間、サラを組み敷き上となったリュカスが、息を凝らして笑う。

そのまま、自由に動けることを試すようにゆっくりと屹立を抜き差しし、サラの形を確かめ告げた。

「っ、出すぞ」

射精感を堪えきれなくなったのか、リュカスがしゃにむに腰を打ち付けてきた。

たっぷりと充溢した蜜洞の襞を、あますところなく刺激され、何度達したかもわからなくなる。

滾る肉剣に際限なく貫かれ、もう、どこまでが自分で、どこからが夫かわからなくなった頃、ぐうっとリュカスの腹筋が絞まり、中に咥えたものが、吐精の欲求で激しく震えた。

「んぅっ……っ、……ぅ!」

声も出せないほど感じきり、喉からおとがいまでを反らし絶頂を迎えた女体に、一拍遅れて、

白濁が放たれる。

重力に逆らい勢いよく放出された飛沫《しぶき》は、爛れた膣内をくまなく濡らしていく。

呑み込みきれなかったものが、結合部から漏れ出すぶちゅぶちゅと言う音を聞きながら、サラは身を崩した。

ぴったりと重なった身体を抱き締め、リュカスは陶然とつぶやく。

「王位より、名声より、ただ、お前だけが欲しかった。……生涯をかけて、憂いなく、サラだけを愛し抜く日々が欲しかった」

荒々しい呼吸をものともせず宣言し、それから、子どもの頃のように額へ唇を落とし、聞く。

「俺は、手に入れたと思っていいか？」

対するサラの答えなど、当の昔から決まっていた。

「もちろんです。憂いなく愛し、愛される日々を送りましょうね」

——死が二人を分かつ時まで。あるいは、死が二人を分かったとしても。

あとがき

こんにちは華藤《かとう》りえです。

御縁がありまして、蜜猫文庫様で小説を書かせていただきました。

昨年の五月に、姉妹レーベルの蜜猫ｎｏｖｅｌｓ様で本を出していただきました（『人生がリセットされたら新婚溺愛幸せシナリオに変更されました』という本です）

その後、同じ出版社様から、こうした機会をいただけて、とても嬉しいです。

本作は、元貴族令嬢だったヒロインが、ひょんな事からヒーローと男女の関係となり、一夜の夢として忘れようとするものの、あっというまに結婚までの外堀を埋められ急展開で花嫁に……という話です。

舞台は色々と迷ったのですが、社会のシステムは生活は十九世紀中盤あたりを参考に書かせていただきました。騎士の時代（十六世紀あたりまで）をそのままにとも考えたのですが、十六世紀だと色々制約があり、このようにミックスした形となりました。

（その課程で、ヒーローがおっぱい魔神疑惑が発生しましたが、それはまた、別のお話）

ともかく、無事に形となり安心しております。

今回の作品については、一度書いたものを大幅に書き直しさせていただきました。

というのも当初は、今よりもっと複雑で重苦しい過去などが絡む話でして……。

（なにより、登場人物がとてもとても多かった！）

結果、恋愛以外の背景が目立って、ヒロインはひたすらうじうじ悩むだけの話となってしまい、これは読んでる方は楽しくないと思いましたので、設定を大幅に変更して、新規に書き直しました。

時間が押している中、改稿をお許しいただいた編集様、挿絵の場所を保留で仕事を進めていただいたイラストレーター様には、本当に感謝しております。

本作品のイラストはサマミヤアカザ先生が引き受けてくださいましたが、もう、下絵の段階から見とれるほど色気たっぷりで、雰囲気もばっちりの二人でした。本になるのが愉しみです。

最後になりましたが、この本を手に取っていただいた読者様に感謝しております。

少しでも楽しんでいただけたならと、願いつつ筆をおきます。ありがとうございました。

華藤りえ

Mitsuneko Label

蜜猫文庫をお買い上げいただきありがとうございます。
この作品を読んでのご意見・ご感想をお聞かせください。
あて先は下記の通りです。

〒102-0072　東京都千代田区飯田橋 2-7-3
(株)竹書房　蜜猫文庫編集部
華藤りえ先生 / サマミヤアカザ先生

騎士団長とえっちしたら、甘い新婚生活が始まりました！

2020 年 6 月 30 日　初版第 1 刷発行
2020 年 8 月 25 日　初版第 2 刷発行

著　者　華藤りえ　©KATOU Rie 2020

発行者　後藤明信

発行所　株式会社竹書房
〒102-0072 東京都千代田区飯田橋 2-7-3
電話　03(3264)1576(代表)
03(3234)6245(編集部)

デザイン　antenna

印刷所　中央精版印刷株式会社

Printed in JAPAN
ISBN978-4-8019-2311-9　C0193
この作品はフィクションです。実在の人物・団体・事件などには関係ありません。